완벽한 태도를 지닌 원장과
사자 그리고 노란 약속

이다정

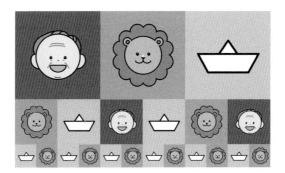

차 례

프롤로그

이것은 우리 엄마가 50대 초에 겪었던 일이다.

당시 나는 고등학생이었다.

결론부터 말하자면 우리 엄마는 현재 세상에 없다.

치매 없이 정정하게 사시다가 얼마 전에 폐렴으로 돌아가셨다. 아버지가 돌아가시고 몇 달을 혼자 사신 엄마는 죽음을 맞이하며 숨쉬기는 무척이나 힘들어하셨지만, 죽음에 대하여 궁금해하는 표정이 얼굴에 스쳐 갔다. 엄마는 마지막에도 모험을 떠나는 개구쟁이었다.

이 글은 엄마의 유품을 정리하다가 흩어져있던 글들을 혼자 읽기가 아까워 정리해 본 것이다.

엄마가 보육원을 30년을 다니고 그만두셨으니까, 아마 그만두기 10년 전의 일인 듯하다.

새로 오신 원장님과 김치 먹고 스마일

나는 수도권과 가까운 연두시에 위치한 동현보육원에서 이십 년째 간호사로 일하고 있다. 오랜 기간 일하시던 원장님이 정년퇴직을 하시고, 새로운 전두홍 원장님이 부임하셨다. 50대 중후반의 작은 키에 통통한 체격의 남자분인데 엄청 못생겼다. 그렇지만 웃을 때 수줍은 미소가 있고, 따뜻해 보이는 외모를 가진 분이다.

올해는 두 번째로 김장을 A회사에서 지원해주어, 시판용 절인 배추와 김치 속을 가지고 김장을 진행하였다.

김장은 그러니까 나는, 서울에 계신 엄마가 조금씩 혼자 하셔서, 김장이 이렇게 힘든 일인지는 상상도 못 했었다.

배춧값이 올랐던 몇 년 전, 웬 전화 한 통이 보육원으로 왔었다. 자신이 연두시에 배추밭을 가지고 있는데, 요즘 배춧값이 비싸니까 와서 필요한 만큼 뽑아가라는 전화였다.

우리는 트럭을 빌려 타고 배추밭으로 갔다. 배추를 살짝 들어 올려서 칼로 밑동을 잘라 뽑고, 트럭에 실어 왔는데. 나는 태어나서 밭일을 처음 해 보는 것이라 처음에는 재미도 있었지만, 장갑을 껴도 결국에 손톱 밑에 흙이 끼고, 쌀쌀한 날씨에도 햇볕은 은근히 따가웠다. 도대체 몇 포기를 뽑았는지 세는 것을 포기한 시점에 나는 곧 지치고 말았다. '보육원에서 일하면 배추가 비쌀 때는 배추밭에서 일도 해야 하는구나.' 너무나도 힘든 하루였다. 그런데 당연하게 그것이 끝이 아니었다. 이제 본격적으로 김장을 해야 하니 배추를 다듬고, 씻고, 절이고, 다음날 헹구고, 그리고 속을 만들어 버무리고 정리해야 김장은 끝이 났다. 11월 24일 즈음의 날씨는 바람과 물이 차서 손도 시리고, 허리도 끊어질 듯 아팠다. 그렇게 만든 김치는 돼지고기 수육과 함께 먹었다. 맛은 있었지만 김치가 싫어졌다.

그러다가 A사에서 작년부터 김장행사를 지원해주기 시작한 것이다. 배추 뽑는 것부터 시작하다가 절인 배추와 김치 속을 사다가 배추의 물을 빼고, 속을 넣기만 하는 김장을 하니, 일도 쉽고 맛도 있었다. 그래서 나는 너무너무 신이 나서 A사와 함께하는 두 번째 김장 행사인 올해는 예쁜 꽃무늬 몸빼바지도 작업복으로 사고, 멋진 시를 지어 전지 두 장에 색색의 매직으로 예쁘게 적어서 그림과 함께 풍선으로 장식을 하고 벽에 붙여 놓았다.

시의 제목은 이름하여 <김치 먹고 스마일>

☺ 김치 먹고 스마일 ☺

김치 안 먹는다고 밥상머리에서 혼나던 아이들
A사 가족분들이 김장을 해 주신 후에야 알았습니다.
아이들이 맛있는 김치는 잘 먹는다는 것을……

맛있는 김치와 더불어
행복한 식사시간을 선물하기 위하여
올해도 잊지 않으시고

우리 동현보육원을 찾아주신
A사 가족분들께 감사드리며

김치 먹고 스마일

사랑스러운 우리 아이들
행복한 아이들로 키우겠습니다.

감사합니다.

동현보육원 가족 일동 올림

A사의 사장님께서는 엄청나게 좋아하시면서 시를 종이째 뜯어서 가지고 가셨다.

전두홍 원장님은 내가 써 붙인 시를 처음에는 황당하다는 듯이 쳐다보셨는데, 이내 아무 말씀 하지 않으시고, 작은 미소를 지으셨다. A사의 사장님께 시가 쓰인 종이를 차에 실어드리라며 얼굴에 지으시던 미소를 기억한다.

원장님은 어릴 적 시골에서 자라서 자연과 친하셨는데 뒷마당에 텃밭을 가꾸어 오이랑 방울토마토, 상추도 심고, 상주의 작은 산 밑에 텃밭이 있는 작은 농가를 보육원 주말농장으로 임차해서, 여름 프로그램도 주말농장에서 하고, 산에서 산딸기와 작지만 향긋한 복숭아, 그리고 밤, 산나물 등을 따 오셨다. 베이비 박스를 통해서 입소하게 된 아이들은 원장님의 성을 따라 이름을 지었고, 돌잔치에는 원장님께서 5만 원짜리 새 돈을 미리 준비하셔서 아이 돌잡이 상에 올리도록 해 주셨다. 우리는 가족으로 살았다. 아이들은 '원장 아빠', '원장 할아버지'라고 부르며 따랐다. 한 번은 모두 함께 동물원에 놀러 갔는데 두 살짜리 준이를 목마에 태우고 다니시다가, 갑자기 얼굴이 사색이 되더니, 준이가 없어졌다고 하셨다.

아이는 원장님 어깨에 목마를 타고, 원장님 머리카락을 잡고 놀고 있었는데, 심지어 한 손으로는 아이를 잡고 있으면서도 얼굴은 하얗게 되어 아이를 찾고 계셨다. 그래서 내가

"원장님이 준이 목마 태우고 계시잖아요."라고 말하니, 당황하며 안도하시던 모습이 떠오른다. 큰 아이가 작은 아이를 괴롭히면 원장실로 불러 단호하게, 하지만 무섭게 혼내시기도 하고, 학교에 안 가는 아이들은 직접 깨우기도 하는 등 그때를 생각하면 따뜻하고 행복해 보이던 시절이었다.

원장님도 고아처럼 외롭게 자라셨다는데, 보육원 3층 여자 방 옆방에서 거주하며 생활하신 시간이 아마도 원장님 인생에서 사랑을 많이 받고, 사랑을 많이 주며, 행복하고 가장 빛나던 순간이었으리라.

보육원 아이가 간호학과를 진학한 사례가 있었다.

내가 보육원 입사 후 아이가 처음으로 간호학과에 합격한 일로, 너무나도 자랑스러워서 그 시절의 나는 자랑하러 다니느라 무척 바빴다.

아이가 우수한 성적으로 대학을 졸업하고, 서울에 있는 대학병원 간호사로 취업이 되어 첫 월급을 타던 날, 엄청난 양의 치킨을 배달

시키고 보육원에 방문하여 원장님과 여러 직원들에게 인사하고, 동생들과 놀다가, 밥을 먹으러 근처의 맛있는 식당에서 낙지볶음과 김치찌개를 먹고 있는데, 안쪽 테이블에서 지인들과 식사를 하고 나가시던 원장님이

"간호사 선생님, 식사 계산은 제가 했습니다. 맛있게 드시다 가세요. 그리고 보육원 언니로서 열심히 사는 모습이 자랑스럽고 보기 좋습니다."라고 말씀하시며 오른손을 가볍게 들어 손인사를 하고 가셨다.

원장님은 나를 부를 때마다 항상 존댓말을 하시고, 볼수록 따뜻하고, 약간 수줍어하시는, 매력이 있는 분이다.

공주와의 첫 만남

내가 공주를 처음 만난 것은 아이가 중학교 1학년 시절이었다.

공주는 부모 없이 그룹홈에 살다가 보육원에 들어오게 되었는데, 어릴 때는 연두시가 아닌 영덕에 살았다고 한다. 또래에 비해 유난히 작고 여리면서 어둡던 아이는 처음 입소하였을 때, 인사를 해도 잘 받아주지 않는 등 수줍음이 많았다.

공주의 입소 후 얼마 지나지 않은 어느 여름날 연두시에서 세 시간 거리의 바닷가 청소년 수련관으로 간 캠프에서 나는 아이를 부르며 이렇게 말했다.

"공주야! 이리 와서 수박 먹어라."

"흥, 선생님! 저, 봉주 아닌데, 왜 자꾸만 봉주라고 부르세요? 기분 나쁘게."

아이가 나에게 처음으로 길게 한 말인데 무척이나 화나 있었다. 입을 꾹 다물고, 눈을 위로 크게 뜨면서 말했는데, 나는 무슨 말인지 이해를 못 해서 멍하게 있었고, 잠시 후 곁에 있던 가을이가 말했다.

"아이참 수정언니, 간호사 이모가 봉주라고 부르신 게 아니고, 공주라고 부르신 거야. '공주야' 이렇게."

"아, ...죄송합니다, 선생님."

공주의 얼굴이 약간 빨갛게 되더니 도망치듯 달려갔다.

'여자아이인데 14년을 살면서 단 한 번도 공주라고 불린 적이 없었나 보다.'

여름캠프의 마지막 저녁은 캠프파이어를 하는 일정이 있었는데 쌀

아놓은 나무 옆 무대에서 먼저 게임과 장기자랑 시간을 가졌다.

　사회는 20년을 우리와 가족처럼 지낸 봉사자분이 마치 초빙해 온 개그맨처럼 재미나게 해 주셔서 푸짐한 선물과 함께 즐거운 시간을 보낼 수 있었다.

　장기자랑 중에 사람친구 가을이가 내 옆에 앉았다. (가을이와 내가 친구가 된 사연은 후에 언급할 예정이다.)

　가을이는 눈을 가늘게 뜨고, 고개를 좌우로 살짝 흔들면서 미소를 지으며 말했다.

　"사자친구야! 이번 캠프 너무 재미있지 않아? 내가 다녀본 캠프 중에 제일 재미있는 거 같아."

　"너는 항상 지금이 제일 좋다고 하더라. 뭐, 그게 좋은 거지. 하하하. ……아 참, 가을아! 궁금한 게 있는데 아까 먹은 수박 그거 시장에 낮에 선생님들이랑 같이 사러 갔거든, 그래서 크고 예쁜 수박이 있기에 통통 쳐보고는 '아이고 예쁘네. 수박아 같이 가자.' 하면서 웃으며 수박을 안아서 과일집을 나오는데 사람들이 쳐다보더라. 그러니까 가을아, 수박한테 '수박아 가자.'라고 말하면 이상하니?"

　"……음, 보통 강아지나 고양이한테는 말을 해도 수박한테 말을 하지는 않지."

　"그래? 너도 수박한테는 말 안 해? 왜, 엄청 크고 동그란 게, 말하고 싶게 생기지 않았니?"

　"아니, 말 안 해. 왜?"

　"아니, 그냥 궁금해서."

　"그건 그렇고, 빨리 캠프파이어 했으면 좋겠다. 나는 캠프파이어가 오랜만이거든. 재미있을 거 같은 데, 좀 무섭기도 해. 불이니까. 그래서 더 재미있기도 하지."

가을이가 즐거운, 그렇지만 약간 겁먹은 표정으로 말했다.

"괜찮아."

나는 좀 전에 건물 내에서 가지고 온 소화기 두 개를 가리키며 말했다.

"그런데 간호이모, 저기 캠프파이어 하려고 쌓아둔 나무 밑에 있는 액체는 뭐야? 휘발유인가?"

나는 관심 없다는 듯 장기자랑 무대를 보며 대답했다.

"그거, 물이야."

가을이는 한참 생각하더니

"전에 봉사자들이랑 캠프 갔을 때, 휘발유를 나무에 뿌린 후, 한참 후에 불을 붙였다가 휘발유가 증기가 되어서 불 폭풍 같은 게 뻥하고 터진 적이 있었거든. 뭐 큰 사고는 없었지만. 그런데 저거 정말 휘발유 아닌가?"

나는 무심한 듯 다시 대답했다.

"그 사건 알고 있어, 위험할 뻔했다지, 그런데 저건 물이야."

가을이가 나를 똑바로 쳐다보며 물었다.

"내가 보기엔 휘발유 같은데, 사자가 저게 물인지 아닌지 어떻게 알아?"

내가 잠시 뜸을 들이다가 말했다.

"그러니까 가을아, 나도 저게 휘발유나 시너면 어쩌나 싶어서 좀 전에 가서 자세히 봤는데 모르겠더라고, 그래서 찍어 먹어 봤지롱."

가을이의 한 숨소리가 들렸다.

"휘발유나 시너 맛이 아닌 썩은 물 맛이 나던 걸, 하하하."

내가 크게 웃으면서 조용히 말했다.

"나는 말이다. 사자 간호사란다. 가을아, 내가 있으면 안전해. 그러니까 걱정하지 말고 놀아라. 내가 썩은 물 찍어 먹어봤다는 건 비밀이다. 알았지, 친구?"

가을이는 속이 울렁거린다는 표정으로 머리를 설레설레 흔들며 말했다.

"알았어, 알겠는데, 굳이 썩은 물을 먹어봐야 했어? 어휴."

아이들의 시간은 어른의 시간과는 다른 속도로 흘러간다. 어른 입장에서 그냥 스쳐 가는 시간 속에서 아이들은 훌쩍 커버리고, 어린이의 모습에서 젊은 어른의 모습을 갖추게 된다. 그 시간 속에서 공주는 많이 웃고, 많이 먹고, 잠도 많이 자면서 키도 많이 크고, 예쁜 고등학생이 되었다. 그렇게 시간은 흐르고 흘러, 계시던 원장님은 정년퇴직을 하시고, 새로운 전두홍 원장님이 부임한 것이다. 원장님은 연고지가 수정이와 같은 영덕이어서 그런지 원장님 부임 시 고3이었던 공주에게 지방에 가실 일이 있으시면 곶감도 사다 주시고, 외식도 시켜주시는 등 각별하게 챙기셨다. 한 번은 지인한테 송이버섯을 받으러 간다고 공주만 데리고 저녁에 가서서 새벽에 오신 일이 있었다. 나는 그 정도가 좀 지나친 듯하여, 여자애들하고는 거리를 두시고, 문제의 소지가 있으니 특히 단둘이 외출은 절대 삼가시라고 말씀을 올리기도 했다.

그러다가 공주는 본인이 원하던 유아교육과에 합격하게 되었고, 보육원을 퇴소하였다.

공주의 퇴소 후 1년이 지나고, 그해 설날은 토요일부터가 설 연휴의 시작이었다. 원래 퇴소아동은 공식적으로는 '보호종료아동'이라는 명칭으로 불리며, 퇴소 후 5년간 보육원에서 관리하도록 되어 있는데, 우리 보육원은 퇴소한 아이들이 나이에 관계없이 자주 방문한다. 특히 명절에는 어차피 갈 집도 없으니, 보육원에서 자립 체험관으로 운영하는 숙소에 묵으면서, 소식도 나누고 명절을 지내는 프로그램이 있다. 여느 해처럼 많은 퇴소 아이들이 방문하였고, 나는 명절 첫 연휴인 토요일이 당직 근무였다.

내가 보육원에 오랜 기간 근무했으므로, 낯익고 반가운 얼굴을 많이 볼 수 있어 좋았다.

퇴소한 지 얼마 되지 않은 수정이를 비롯해서, 초등학교에 들어간 아이와 남편까지 같이 온 예정이, 결혼 날짜 잡았다고 예비신부와 함께 온 희동이와 일식집에서 일하고 있는 주오 등 실제로 아이는 아니고 20세부터 30세 후반까지 적지 않은 나이지만 그래도 퇴소아동이고 나한테는 여전히 우리 아이들이다.

나는 아이들이 묵을 숙소를 둘러보고, 과일을 좀 더 넣어주고 싶어서 호연이를 불렀다.

"호연아! 혹시 지금 시간 괜찮으면 나랑 과일가게 좀 같이 가줄 수 있니?"

"네, 같이 가요, 선생님!"

호연이랑 같이 과일집을 가면서, 요즘 일하고 있는 카센터 이야기와 2년째 사귀고 있는 여자 친구 이야기, 강아지를 키우고 싶은데 자신이 없다는 등 이런저런 대화를 나누었다. 도착한 과일집에서 귤 한 박스와 딸기 등을 고르고 계산하는데 호연이가 나에게 물었다.

"선생님은 퇴근하면 집에 가시나요?"

"응, 퇴근하면 집에 가야지. 왜?"

"저기 아주머니 여기 딸기 두 팩 따로 포장해 주세요."

호연이가 자신이 계산한 딸기 두 팩을 나에게 주면서 말했다.

"이거 집에 가지고 가셔서 드세요."

"어? 나는 괜찮은데 너희들이 먹지 그래?"

"아니에요. 선생님이 사 주신 걸로 충분해요. 이건 가지고 가셔서 가족들이랑 드세요. 저도 돈 벌잖아요."

"그렇지만……"

아이들에게 무엇을 받는다는 건 너무나 어색하다.

"아니에요. 저 보육원에 있을 때, 선생님이 저한테 잘 해주셨잖아요. 항상 감사하게 생각하고 있어요. ……그냥 찝찝해서요."

호연이의 얼굴이 환해진다.

나는 크게 숨을 들이마신 후, 두 템포 늦게 따라 웃었다.

"그런데 선생님은 저를 언제부터 그렇게 좋아하셨어요?"

호연이가 해맑은 미소를 지으며 물어보았다.

나는 잠시 머뭇거린 후 말했다.

"나야 뭐."

"너 어릴 때 엄청 귀여웠지. 얼굴에서 빛이 나더라. 그래서 '쟤는 도대체 왜 얼굴에서 빛이 나나?' 하고 생각했어. 그리고 딸기, 고마워 잘 먹을게."

원에 도착해 보니 원장님께서 이발소를 다녀오셨는지 흰머리가 하나도 보이지 않고, 말끔하니 10년 이상은 젊어 보인다.

퇴소한 아이들이 모여 있는 방에 가서, 작별 인사를 하고, 집에 와서 딸기를 먹으며 생각했다.

'……음, 참. 그리고 내가 호연이를 그렇게 좋아했었나?'

그리고 호연이는 여전히 얼굴에서 빛이 났다.

사자, 범죄를 인지하고 해결을 준비하다

그리고 명절 연휴 3주 후 놀라운 말을 듣게 되었는데, 그 전에 내가 사자가 되고 사람친구를 사귀게 된 사연을 먼저 설명해야 할 듯하다. 내 사람친구 가을이.

나는 사자다

연두시의 한 보육원에서 일하고 있다.

내가 왜 사자가 되었는지에 대해 설명해 주겠다.

나는 원래 사람이었는데 어느 날 보육원 마당에서 가을이라는 여섯 살 여자아이가 지우라는 남자아이랑 재미나게 이야기하는 걸 봤다. 그래서 내가 가을이라는 여자아이에게 지우가 친구냐고 물어보니까 가을이는 "친구 맞아요."라고 말했다.
그래서 내가 "나랑도 친구하자."했더니
"나이가 많아서 싫어요." 했다.
그래서 내가 "나는 뒷마당의 토끼하고도 친구인데 왜 나이가 많다는 이유로 나랑 친구를 할 수가 없니?"라고 물었다.

작년 여름 어떤 아저씨가 토끼를 버리고 가서 현재 뒷마당에 토끼장을 마련해서 토끼 한 마리가 살고 있다.
그랬더니 가을이가 "토끼는 동물이니까 친구가 될 수 있는 거예요."

라고 말했다.

 그래서 나는 "비밀인데, 나는 원래 사자다!"라고 말했다.

 가을이는 처음에 내가 사자인 것도 믿지 않고, 동갑도 아니니 친구
도 하지 않겠다고 했다.

 그래서 내가 "나는 보육원에 동갑도 없는데, 네가 친구도 안 하고
자기들끼리만 친구해서 재미있는 이야기하고, 신나게 놀고 그러는 건
너무 했다."라며 슬퍼했다.

 그러니까 가을이는 "그럼 한번 생각해 볼게."라고 말해 줬다.

 그리고 며칠 후 가을이는 나에게 다가와서 조용히 말했다.
 "친구하기로 했어. 안녕, 사자친구?"
 그래서 나는 대답했다.
 "안녕? 사람친구! 친구가 되어줘서 고마워."

 이렇게 나는 사자가 되었고, 사람친구를 사귀게 되었다.

 가을이랑 나는 그렇게 친구가 되었는데, 가을이가 나에게 반말을
하다가 다른 사람이 듣고서는 아이를 혼내는 일이 종종 발생해서, 가
끔은 반말로 이야기하고, 가끔은 존댓말로 이야기한다. 나이가 적은
사람과 나이가 많은 사람이 말을 놓더라도 예의를 갖추어 진솔한 대

화를 할 수 있다는 걸 이해 못 하는 사람이 많고, 내가 혼나는 게 아니고, 가을이가 혼나는 것이니, 친구 사이지만 그냥 말을 놓기도 하고, 존댓말을 사용하기도 한다. 그렇게 나에게 친구가 되어 준 가을이는 초등학교에 들어가고, 중학교에 입학하더니 어느덧 씩씩한 고등학생이 되었다.

나는 가을이를 봄에는 봄이, 여름에는 여름이, 가을에는 가을이, 겨울에는 겨울이라고 부르기도 했다. 가을이는 특히 여름이라고 부르는 것과 사람친구라고 부르는 것을 좋아했다.

어느 날 사람친구가 사자의 보건실을 찾아왔다.

"안녕, 사자친구? 그런데 아까 준이랑 둘이 똑같은 모자 쓰고 어디 다녀왔어?"

"응, 사람친구 안녕? 내가 가기는 어디를 가겠니? 소아과 다녀왔지."

"킥킥킥. 우리 네살짜리 준이가 이제는 한참 잘 걷고, 너무 예쁘더라고, 그래서 소아과 갈 때 쓰려고 엄마랑 아이랑 쓰는 커플모자 샀지롱. 이히히! 예쁘지?"

가을이도 미소를 지으며 대답했다.

"응, 귀엽고 예쁘던데."

"응, 나? 음, 나야 언제나 귀엽고 예쁘지."

나는 고개를 45도로 삐딱하게 들며 대답했다.

"네 네, 사자친구는 참으로 귀엽고 예쁩니다."

"그치 그치? 여름 되면 커플 원피스도 사야지. 우히히! 내가 나이가 쉰이지만, 좀 동안이라 진짜 애기 엄마처럼 보이겠지?"

"근데 사람친구, ……준이는 남자야."

가을이는 더 이상 놀랄 것도 없다는 무표정으로 대꾸했다.

"아이고! 그러네. 아 참, 사람친구 요즘 별일 없지? 그런데 원장님이 가방 예쁜 거 사줬다며 25만 원이라고 하던데, 원장님이 너만 너무 예뻐하는 거 아니니?"

"나만 사준 건 아니고, 혜수도 사줬어. 둘을 너무 예뻐하시기는 하지. 혜수는 원장님 부임하시고 처음 입소한 아이라 예쁘게 생기기도 했고, 입소 시에 아이가 하던 행동 하나하나, 하던 말 하나하나 다 기억하고 계시다고 지난번에 말씀하셨다던데? 우리가 보육원 퇴소하고도 지원하고 싶다고, 나야 뭐 예쁘니까 예뻐하시는 거겠지만."

"하하하, 그건 그렇지. 그런데 사람친구야! 원장님, 따뜻하고 참 좋은 분인 거 같아."

내가 말하자, 사람친구가 한참을 생각하더니 난감하다는 표정으로 고민을 털어놓기 시작했다.

"음, 꼭 그런 거 같지 않은데. ……그런데 사자야, 할 말이 있어. 그러니까 말이야 잘 모르겠지만 이상한 일이 있었어."

"뭔데 뭔데?"

"이번 설 다음날에 말이야."

"어, 이번 연휴 첫날 내가 근무였지."

"원장님이 수정언니 데리고 그 영덕의 게 먹으러 가자고 해서, 왜 언니가 영덕에서 어릴 때 살았잖아. 원장님도 영덕이 고향이시고 그래서."

"응, 대게일 거야. 대게 맛있지. 그런데 수정이 혼자만 데리고?"

"응, 대게 먹고 오는 길에 피곤하시다고 맛사지 가게 가서 맛사지 받고, 오는 길에 힘들어서 운전 못 하겠다고 하셔서, 우리 상주에 왜 주말농장 숙소 있잖아? 작년에 계약한 텃밭 있는 농가주택, 거기 가서 자고 오는데, 언니 자는 방에 들어와서 언니를 안았대. 그래서 언니가 '저 성인인데 이러시면 안 됩니다.'하면서 나가라고 해서 나가시기는 했다는데……"

"그러니까 영덕 가던 차에서도 계속 손잡고, 딸 하자고 하고, 주말농장 숙소에 도착해서도 계속 씻으라고 하고."

"뭐? 뭐?"

내 심장이 쿵쾅쿵쾅 뛰는 소리가 들렸다.

"사자야! 우리가 예민한 건지 모르겠지만, 좀 이상하고, 무섭기도 해서 말하는 거야."

나는 스마트폰을 만지면서 말했다.

"뭐라고? 다시 말해 볼래?"

이야기가 계속되자 더 이상 심장소리는 들리지 않더니, 주위가 어두워지고, 가을이 얼굴이 내 눈앞에서 커지면서, 가을이 목소리만이 크게 들렸다.

"설 연휴에 원장님이 수정이 언니 데리고, 영덕에 게 먹으러 가자고 하셔서, 그러니까 응, 대게, 그거 먹으러 갔다가 오는 길에 맛사지 샵가서 맛사지 받고, 운전하기 힘들다고 상주에 우리 주말농장 숙소에 가서, 밤에 자고 있는데, 들어와서 안았다고."

"안았다고?"

"응."

"미치겠네. 그래서?"

"우리가 아빠가 없어서 잘은 모르겠지만 좀 원장님이 이상하기도 하고, 걱정되기도 해서."

"가을아, 이상하다는 느낌이 오면 이상한 거야. 본능과 직관이 더 정확할 때가 많단다. 그런데 수정언니는? 괜찮아? 어떻게 지내?"

"그래서 언니는 원장님이 뭐 먹으러 가자는 식으로 계속 연락하셔서, 연락은 안 받고, 보육원에도 요즘 오고 싶은데 못 오고, 그렇게 지내나 봐."

"……응, 알았어. 머리 아프다."

"그런데 원래 아빠랑 맛사지샵 같은 데 둘이 가고 그래?"

"됐거든, 미쳤냐? 아빠랑 둘이 그런 데를 가기는 왜 가? 연인이나 부부, 동성 친구끼리나 아니면 단체로 태국 같은데 여행을 가서 단체 맛사지샵 가거나 그러지."

나는 관자놀이를 살짝 눌렀다.

"머리 아파?"

"응, 터지겠다. 가을아 일단 가봐. 어떻게든 해결할 테니까 조금만 기다려줘. 그리고 혜수가 어리니까 혹시 모르잖아. 니가 단속 잘해라. 이게 한 번으로 끝나는 일이라는 보장이 없어서. 가을아! 말해줘서 고마워."

"응, 사자친구 안녕."

가을이와 대화를 마친 나는, 머리도 아프고 속이 답답해서 맑은 공기를 마시려고 운동장으로 나왔는데, 마침 원장님이 중학교 1학년 혜수와 마주보고 계셨다.

"우리 혜수는 운동신경이 좋으니까 할아버지가 골프 배우게 해줄게. 알았지? 너는 잘 할 수 있을 거야. 아이고, 예뻐라."

"네, 원장 할아버지 감사합니다."

그렇게 말씀을 하시면서 원장님께서는 예쁜 미소를 가진 혜수의 머리를 쓰다듬으시는데, 갑자기 확 달려들어 아이 머리 위에 있는 원장님 손목을 물어뜯고 싶어졌다.

'어쩌면 나는 정말 사자인가 보다.'

그리고 그날 저녁에 나는 공주에게 전화를 했다.

"어, 공주! 잘 지내니?"

"네."

"내가 너 좋아하는 고기랑 이것저것 온라인에서 장 봐서 보내 줄 테니까 맛있게 먹어. 뭐 더 필요한 거 없니? 지금 장바구니 캡처해서 보내니까 혹시 필요 없는 거 있으면 말하고."

"잠시만요. 네, 저 치즈는 안 먹구요, 우유랑 시리얼도 보내 주세요."

"응, 무슨 시리얼?"

"코코볼요."

"응, 치즈는 빼고, 그럼 이거랑 코코볼, 우유 추가해서 보내줄게. 뭐 도울 일 있으면 전화하고, 아프면 전화하고."

"네."

"보고 싶다. 그리고 너 조심해 원래 예쁜 게, 그러니까 대역죄라고, 응? 꽃이 예쁘면 나비도 오지만, 파리도 꼬이는 법이다. 골치 아프지. 김수정! 이게 다 경험에서 깊이 우러나오는 충고니까 명심해라. 조심해. 하하하."

"하하하! 네, 명심할게요. 맞는 말씀인 거 같아요."

"건강하고, 일 있으면 전화하고, 일 없어도 전화하고 알았지? 다음 달에 맛있는 거 사줄게. 너 고기 좋아하잖아. 한번 보자."

"네, 선생님 감사합니다."

그리고 몇 주가 흘렀다. 그동안 나는 여러 성폭력 상담소와 통화도 하고, 친구들과 여성단체 회장을 역임하셨던 총동창회 선배님 등 내가 알고 있는 모든 인맥을 동원하여 소개받은 전문가들과 상담을 하는 등 그렇게 시간을 보냈다. 성범죄가 친고죄가 없어져서 꼭 본인이 아니어도 고소고발이 가능하도록 변경되었으나, 아무래도 피해자의 고소가 있는 것이 처리하기에 깔끔하다고 하며, 이 사건의 경우 죄질은 나쁘나, 실행된 범죄가 크지 않아 법적으로 대응하기에 어려운 측면이 분명히 존재하고, 공주의 나이가 만 19세인데 <아동청소년 성보호에 관한 법률> 즉 <아청법>이라고 불리는 법의 대상자는 만 19세 미만으로 공주가 <아청법>의 대상자는 아니라고 한다.

'원장님이 애가 만 19세 넘기를 기다리고 있었나?'

상황이 이렇게 되니까 참 별생각이 다 들었다. 일단 피해 아이와 신뢰를 좀 더 돈독하게 하면서 상황의 추이를 지켜보기로 했다.

'심사숙고하되 신속하게 결정하고 행동해야 한다.'

'만약에 내가 이번 해결의 기회를 놓친다면, 아마도 수면 밑으로 내려가서, 다음 범죄는 더 크게, 그리고 더 은밀하게 발생할 것이며, 그것이 공론화되기까지는 아마도 더욱 힘든 과정을 거치게 될 것이다. 이번 기회를 놓치면 더 많은 아이들이, 더 큰 피해자가 될 것이고, 나는 평생을 후회하게 될 것이니, 나는 이번 기회를 꼭 잡아야

한다.'

나는 스스로에게 다짐했다.

"간호사! 원장님이 미쳤나 봐! 설 연휴에 수정만 데리고 상주 주말
농장 숙소에서 둘이 일박하고 왔다고, 아까 원장님이 나한테 자랑을
하더라고."

주말을 앞둔 어느 평온해 보이던 금요일 오전, 김연희 주임이 흥분
해서 말하였다.

"수정이만 데리고요?"

'이제 드디어 때가 왔구나.'

"원장님이 수정이만 데리고 상주 주말농장 숙소에서 일박하고 왔다
는데 알고 계셨어요. 그게 말이 된다고 생각하세요?"

나는 사건을 이슈화하고, 보육원을 한바탕 뒤집었다.

'이제 피해 아이와 주말농장 숙소에서 숙박을 한 것을, 원장님이
부인하기는 어렵겠구나.'

나는 공주에게 다시 전화를 했다.

"여보세요? 나 다정이 이모인데. 공주야! 잘 지내니?"

"네, 잘 지내요."

"그렇구나, 그런데 공주 너 보육원 사람들 누구누구하고 연락하고
지내니?"

"담당 선생님이랑, 가을이랑, 친한 애들이랑 연락하고 지내요."

"전두홍 원장님이랑은?"

"원장님이랑은 요즘 연락 안 해요."

"왜? 너 원장님 좋아하지 않니?"

"저, 원장님 안 좋아하는데요. ......사실 일이 좀 있었거든요."

"뭔데?"

"그러니까 설 연휴에 원장님이 대게 사 주신다고 해서 영덕 갔다가, 상주 갔다가 여기저기 갔다가, 딸 하자고 하면서 손잡고, 맛사지 샵 가고, 집에 가야 하는데 운전하기 힘들다고 하셔서, 주말농장 숙소에 가서는 자는데, 들어오셔서 막 안고 그러셨는데요. 저는 그 부분에서 원장님이 선을 딱 넘었다고 생각해서, 사실 뭐라고 할까? 무서웠거든요. 그래서 저 요즘 보육원도 못 가고, 조심하고 있어요. 그래도 큰일은 없었으니까 다행이기는 해요. 휴."

"그런 일이 있었어? ......아이고야. 수정이 너 많이 놀랐겠다. 어휴, 그래도 큰일이 없어서 다행이기는 하고, 이게 뭔 일이라니? 그러니까 원장님이랑 대게 먹으러 영덕 갔다가 연두시에 못 돌아오고, 주말농장 숙소에서 자는데 방에 들어와서 안았다고?"

"네."

"딸 하자고 했다고?"

"네, 사실 요즘에도 뭐 먹으러 가자는 식으로 연락 오고 그러는데 연락 안 받고 있어요. 이게 좀 예민한 이야기라 남들한테 하기가 좀 그렇기는 하지만, 간호사 이모는 오래 계시기도 했고, 그래서 말씀드리는 거예요."

"원장님이 미쳤구나. 알았어. 우리 좀 보자. 언제 시간 되니? 내일 토요일 가능하니?"

"아니요, 월요일 저녁 시간이 가능해요."

"응, 그럼 시청 옆에 있는 경복궁에서 보자."

"네."

"그런데 궁금한 게 있는데."

"뭔데요?"

"대게는 맛있었니?"

"네, 대게는 당연히 맛있지요. 오랜만에 먹어서 그런지 정말 맛있었어요."

"그래, 대게는 언제나 맛있지. 나도 좋아해. 대게가 뭔 죄냐. 월요일에 보자."

이미 주말농장에서 아이와 일박한 것을 부인할 수 없는 상황에서, 나는 가을이와 수정이 두 개의 녹취록을 가지고, 삼자인 내가 고발할 수 있도록 준비를 끝냈다.

그렇지만 경찰서 고발 전에 나는 어쨌거나 우리가 가족이므로 조용하게 해결할 수 있도록 보육원에 기회를 주고 싶었고, 공주의 고소 의사를 확인해야 했다.

"원장님이 퇴소는 했지만, 퇴소 관리 중인 아이를 데리고 일박을 하고, 그 와중에 추행이 발생했다고, 초등학교 아이들까지 말하고 있는 상황에서, 구청과 법인에 보고하시고, 조치를 강구해야 한다고 생각합니다."

나는 관계자들에게 건의를 했지만 답이 없다.

'나는 보육원과 원장님께 자체적으로 해결할 기회를 준 거야.'

이번 사건은 원칙적으로 처리하지 않으면 일이 더욱 복잡해지고 위험해질 수 있는 사안이므로 매뉴얼대로 고소 고발을 통하여 수사기관과 사법기관이 개입하여 처리하는 수밖에 없다고 처음부터 결론을 내렸었다. 기회를 준 것은 위험한 행동이었다. 그러나 기회를 잡을 사람이면 애초부터 이런 일이 발생하지 않았을 것이다.

공주와 경복궁에서 한우 꽃등심을 앞에 두고 대화를 시작했다.
"그래서 ......그런 일이 있었어요."
녹음을 하려는데, 뭔가 집중하는데 어려움이 있어서 포기했다. 지금 상황에서는 아이의 의사를 확인하고 고소를 설득하는 것이 우선인 듯하여, 아이에게 집중하고, 대화에 충실하기로 결정했다.
"응, 그런데 원장님이 너한테 원하는 게 뭐인 거 같니?"
"음. ......저와의 잠자리요."
공주가 눈을 아래로 내리며, 떨리는 목소리로 말했다.
"......음, 그렇구나. 그런데 나는 그건 잘 모르겠고, 원장님이 해외 나가게 여권 만들라고 했으면, 일 년에 한두 번은 데리고 나갈 것이고, 골프 배우게 해 준다고 하셨다고? 그리고 너 유아교육과 다니잖아. 원장이 영향력 행사할 수 있는 곳이 다양하게 있는데, 졸업하면 원하는 곳에 꽂아 준다고 했으니까, 취업 걱정은 없겠고, 집인지 펜션인지 짓는 곳에 살게 해 준다 하고, 그리고 딸 하자고 했다며?"
"원장님이 사모님에 군에 간 아들, 유학 간 아들 그렇게 아들만 둘이 있지."
"네, 딸은 없다고 하시더라고요."
나는 부드럽게 구워진 1++한우 두 점을 공주의 앞접시에 놓으며 말했다.

한우 꽃등심이 구워질 때 나오는 향기는 달콤하게 유혹적이며, 입 안에 들어갔을 때 그 퍼지는 육즙은 절로 눈이 반쯤 감기게 한다.

고급지고, 맛있는 음식은 사람의 이성을 잃게 하고, 그 음식을 대접하는 사람을 무한 신뢰하게 하는 마법의 힘을 가지고 있다.

"그래, 이런 건 이성적으로 생각해야 한다. 수정아! 너 엄마도 없고, 아빠도 없잖아. 음, 완전 고아지! 내가 원장님 겪어보니까 빈말할 사람은 아니고, 온 동네방네 자기 졸혼했다고 떠벌리고 다니는 양반인데."

"......복잡하게 생각하지 말고, 원장님이 너 좋아하나 보다. 그냥, 눈 딱 감고, 원장 세컨드 하고 편하게 살아."

나는 아이의 두 눈을 정면으로 뚫어져라 쳐다보았다.

"수정아! 내가 살아보니까 세상 별거 없다. 너! 고아잖아. 고생하지 말고, 그냥 편하게 살아. 그러다가 뭐 시간이 지나서 헤어질 수도 있고, 뭐 그러는 거고."

나는 고기 한 점에 생와사비를 올려 입에 넣고, 무심한 듯 공주를 바라보았다.

공주가 눈이 커지고, 얼굴이 붉으락푸르락해지면서 비명을 지르듯이 말했다.

"싫어요! 선생님! 제가 왜 그렇게 살아야 하는데요?"

나는 한심하다는 듯 약간 비웃는 표정으로 공주를 쳐다보며 말했다.

"치, ...흥, 그래? 수정이 너 진짜 웃긴다. 그래서 너는 뭐하며 살고 싶은데?"

"저는 유아교육과 졸업해서 어린이집이나 유치원에서 일하면서, 아이들이랑 살고 싶어요."

"그래?"

나는 한참을 침묵하다가 다시 대화를 시작하였다.

"선생님이라. ……네가 10년을 애들 위하면서 열심히 산다고 치자. 그런데 원장님이 이런 상태이면 보육원 여자아이들, 네 동생들은 안전할 수 있으리라 생각하니? 걔들이 네 동생이지? 내 동생이냐? 사실상 나는 보육원 그만두면 아무런 관계없는 애들이야! 네 동생들이지. 수정이 너, 솔직히 동생들 걱정되어 발 뻗고 잠이나 편하게 잘 수 있겠어? 그래, 요즘 잠은 잘 자니? 잠이 와?"

나는 무심한 듯, 육즙이 흐르는 고기를 이번에는 소금에 살짝 찍어 먹으면서 대꾸했다. 좋은 고기는 와사비보다는 좋은 소금이 한결 잘 어울린다.

"그러게요."

공주가 걱정스러운 표정을 지었다.

둘 사이에 침묵이 흐르고 우리는 달콤한 육즙이 흐르는 꽃등심를 먹었다.

경복궁의 한우는 정말 맛있다. 집에서는 아무리 좋은 고기를 사서 구워도 이 맛이 안 나는데 불의 조절과 뭔가 숙성의 비법이 있는 듯하다.

"공주야! 내가 너라면 이거 해결하고, 다리 뻗고, 편하게 잠이나 자겠다. 고소해! 이거 해결 못 하고, 네 마음이 편하겠니? 이거 뭐 무서워서 애들 키우겠나?"

공주가 한숨을 쉬며 말했다.

"그러게요. 저도 걱정이에요. 이러다가 원장님이 여자애들 줄줄이 다 따먹겠어요."

"게다가 원장님 숙소가 3층 여자애들 방 옆이잖아. 거 참, 어떡할래? 이번에 그냥 넘어가서 네 동생들 어떻게 되든지, 말든지, 에라 모르겠다. 하면서 살래? 아니면 고소해서, 깔끔하게 해결하고, 다리 뻗고 잘래?"

"어휴! 걱정되어서 안 되겠어요. 고소할래요."

우리는 먹던 고기를 다 먹고, 후식으로 나온 유자주스를 여유롭게 마신 후, 정리하고, 공주의 주소지 경찰서에 가서 고소를 했다. 보육원 주소지의 경찰서에서 고소를 할 수도 있었으나, 경찰서 출입 시 보안상 위험 소지가 있어 보였기 때문에 그렇게 한 것이다. 그날 경복궁의 식대는 16만 6천 원이 나왔다. 요즘 이상기후로 인하여 대게가 귀하다던데 대게는 얼마가 나왔을까? 갑자기 궁금해졌다.

신실하고 순박하며 아동에게 희생적인
따뜻한 사람의 태도를 완벽하게 지닌 원장

일주일 후 보육원 아이들이 어린이 뮤지컬에 초대되어, 나는 인솔자로 동행을 하였다.

제목이 <코끼리 코딱지 빼기>였는데 몇 년 전에 아동 문학계에서 큰 인기를 누린 미국 그림동화를 동명의 뮤지컬로 만든 것이다. 우리 어릴 적과 다르게 교훈이라는 건 전혀 없고, 재미는 있다. 하여간 아이들은 똥이니 코딱지니 지저분한 것을 엄청 좋아한다.

내용은 별거 없었다. 아기 코끼리가 오른쪽 코에 코딱지가 큰 게 있어서 답답했는데, 처음에는 원숭이가 손으로 빼 주려고 하다가 코딱지가 더 안으로 들어가고, 그 다음에는 뱀이 빼 주려고 기어들어갔다가 콧구멍에 뱀 몸통이 박혀 버리고, 그 뱀을 어마어마하게 큰 핑크색 하마 아줌마가 빼 준 다음, 코딱지도 빼 주려고 코끝을 쪽쪽 빨아주다가, 코끼리는 코끝만 빨개지고 아프고, 그렇게 울고 있는데, 머리털이 별로 없는 할아버지처럼 생긴 친구인 오랑우탄이 코끼리한테 같이 놀자고 졸라서, 호숫가 가서 놀다가 코로 물을 천천히 들어 마시고, 확 내뿜으니까 엄청 큰 코딱지가 물과 함께 나왔고, 아기 코끼리는 신경도 안 쓰고, 오랑우탄 친구와 재미있게 놀았다는 뭐 그런 이야기이다.

이런 이야기면 나도 지어낼 수 있겠다는 생각이 들 정도로 별거 없는데, 애들은 재미있다고 하는 걸 보면 신기하기도 하고, 내가 너무 유머 감각이 없이 사나 싶기도 하다. 중간에 나오는 핑키라는 이름의

하마 아줌마는 핑크색에 여성스러우면서도 푸근하고, 푼수 스타일인 해리 포터에 나오는 몰리 아줌마와 엄브릿지 교수를 섞은 듯한 캐릭터가 매력 있었다. 뭔가 모성애가 넘치면서 허당에 유머가 있다고 할까.

아기 코끼리가 코가 아픈 와중에도 핑키 아줌마가 코를 빨아주겠다는 말도 안 되는 제안을 받아들이고, 핑키 아줌마가 코딱지 빼는 것을 실패한 후, 코끝이 빨갛게 부어올랐음에도 불구하고, 바나나 푸딩을 만들어 둘 테니, 다음날 집에 와서 아이스크림이랑 맛있게 먹자고 하자, 아기 코끼리가 엄청 신나하면서 오늘 가면 안 되냐고 졸라댔다.

핑키 아줌마가 지금 바나나를 구해다가 만들 건데 바나나 푸딩은 다음날 먹어야 맛있으니까, 내일 점심에 친구들 데리고 오라고 할 때 알았다고 하면서 좋아하는 걸 보면, 평소에 핑키 아줌마가 아기 코끼리와 신뢰할 수 있는 관계를 맺은 것으로 보였다. 그리고 바나나 푸딩을 하루 기다려서 먹어야 한다는 것은, 티라미수는 만든 지 하루 이상 지나야 맛있던데, 그것이랑 비슷한 원리인가 보다. 어쩌면 하루를 기다려야 한다는 것이 교훈인지도 모르겠다.

고소가 진행 중에도 이렇게 아이들의 일상은 흐르고 있었다. 우리 원장님은 아이들에게 간식을 사주라면서 신용카드를 챙겨 주셨고, 뮤지컬 관람 후 우리는 '바나나 푸딩이랑 아이스크림을 같이 먹으면 어떤 맛일까?'에 대해서 진지하게 토론하며 각자 고른 아이스크림을 맛있게 먹었다.

아이들과 나는 그날, 아니 그 한 주 동안은 '바나나 나나 나나 푸딩'이랑 '코끼리 코딱지, 코끼리 오른쪽 코딱지' 노래를 계속 흥얼거렸다.

당시 코스피가 떨어진다는 예측이 있어서, 급하게 주식을 처분을 하여 통장 잔고가 넉넉한 시점이었다. 나는 남동생이 변호사인 친구 지은이의 소개로 아동청소년, 여성 범죄 관련 전문 변호사님인 박나나 변호사님을 선임하였고, 변호사님께서 성범죄사건은 남녀의 시각차이로 인하여 남자변호사님인 최석봉 변호사님을 같이 선임하기를 추천하셔서 두 전문 변호사님과 함께하게 되었다.

박 변호사님은 성범죄, 아동, 여성 등 피해자나 약자만을 전담으로 변호하시는 분인데 프로필을 검색하니 학교 선배님이기도 하였다. 최석봉 변호사님 사무실에서 관련 회의를 하였을 때, 나는 흥분해서 말했다.

"변호사님, 이건 강제추행이 문제가 아니에요. 사실 술 먹고, 손도 잡고, 안고, 뭐 그럴 수 있겠지요. 사람이 그러면 안 되지만 살다 보면, 성인 남녀 간에 그런 일, 발생할 수 있다고 생각합니다. 물론 그 것도 범죄이지만, 이건 같은 어른끼리도 아니고, 애를 속여서, 오도 가도 못 하는 시골집에 데리고 가서, 추행한 거잖아요. 그루밍해서 애가 자기 손으로 자기 빤스 내리기를 바란 거예요. 계획적으로요. 이번이 아니면 다음 기회가 있으니까. 멈춘 거구요. 나쁜 놈."

"거기 상주 주말농장이요. 작년 프로그램 때 한번 가봐서 아는데요. 제가 오십이지만 솔직히 저도 거기 있으면 깡촌 시골에 산골짜기라 길도 없고, 낮에도 집에 못 찾아갑니다. 이건 납치예요. 추행도 추

49

행이지만 납치 유괴라니까요. 아니 그리고 그 맛사지 가게는 왜 갔데요? 제정신이야? 아니지 잘 갔네, 참 잘 갔어. 어휴! 뭐 이런 사람이 다 있데요? 못생겨서 사람 긴장 풀게 만들고, 뭐 하는 짓이야? 하여간 이건 추행이고 뭐고 간에 납치 유괴에요. 아니 원장님은 열아홉 살짜리 애를 데리고 뭐를 한 거야? 양심이 있어야지."

나는 펄펄 뛰면서, 이말 저말들을 마구잡이로 해댔다. 나의 장점은 이상한 이야기를 주저리주저리 해서 결국에는 상대가 내 말이 맞는 말인 것처럼 빠져들게 한다는 것이다. 박나나 변호사님이 최석봉 변호사님과 묘한 눈빛을 주고받으시더니 범죄혐의에 '추행 유인'을 추가하자고 말씀하셨다. 나는 그게 뭔지는 모르겠지만 하여간 유괴 납치랑 비슷한 개념인 듯하다. 최석봉 변호사님은 추행 유인을 범죄혐의에 추가해달라는 내용의 <변호인 의견서>라는 서면을 경찰서에 제출하셨다. 법률적인 문서는 생소하지만, 무척 건조하면서 따뜻한 아름다움이 있다. 특히 최 변호사님의 글이 그렇다. 책을 많이 읽어도 내가 접할 수 있는 글들에는 한계가 있어서 그런지 재판 관련 문서들은 그 문체와 단어들이 무척이나 새롭고, 간결한 아름다움이 있어 흥미롭다.

다음날 점심시간에 천혜향 열 개를 사서, 그중 두 개를 원장님께 가져다드리며 말했다.
"드세요, 원장님. ……그런데 말이죠. 원장님은 사랑에 대해서 잘 모르시는 것 같아요."
"네?"

책상에서 업무를 보시던 원장님이 나를 물끄러미 쳐다보셨다.

"그러니까 남녀 간의 사랑, 친구 간의 사랑, 부모와 자식 간의 사랑, 스승과 제자 간의 사랑, 이런 것들이 비슷해 보이지만 다 다르잖아요. 뭐랄까 일곱 빛깔 무지개랄까 그런데 원장님은 따뜻하고 좋은 분으로 보이기는 하는데, 사랑을 잘 모르고, 그러시면 안 되는데, 구별도 못 하시는 것 같으세요."

"저는 고아처럼 외롭게 자라서, 사랑 그런 거 잘 모릅니다."

잠시 침묵이 흘렀다.

"휴, 제가 원장님께 사랑학 강의를 할 수도 없고, 괜한 말씀드렸네요. 그냥 좀 안타깝고 그래서요. 죄송합니다. 천혜향 맛있게 드시고 환절기 감기 조심하세요."

나는 천혜향을 책상에 두고 원장실을 나왔다.

나를 쳐다보는 원장님의 두 눈이 슬퍼 보였다.

돌이켜보면 그것이 나와 원장님의 마지막 대화였다.

일주일 후 법인 행사가 있었다.

법인 산하 직원들이 모여서 가볍게 산행을 하고 저녁으로 고기를 먹는 코스였는데, 산행 후 원장님이 직원들 먹으라고 아이스크림을 한 봉지 아니 거의 한 박스를 사 오셨다.

"어머, 원장님 감사해요."

"우리 원장님, 최고."

"역시 전두홍 원장님! 잘 먹을게요."

원장님이 친절하시고, 오랜 기간 법인 산하기관에서 근무하셨던 분이라 여러 직원들하고 두루두루 친하셔서 그런지 사방에서 원장님 부르는 소리가 울려 퍼졌다.

괜히 짜증이 난 나는 소리를 '빽!'하고 질렀다.

"아니! 내 원장님인데 왜 자꾸 '우리 원장님, 원장님!'하면서 내 전두홍 원장님을 부르세요? 이 아이스크림도 내 원장님이 나 이다정이 먹으라고 사 오신 건데, 너무 많아서 혼자 못 먹으니까, 내 원장님이 사 오신 거, 나눠드리는 거라고요."

"하하하!"

"내 전두홍 원장님? 이다정 간호사님, 내 원장님은 너무 심한 거 아니에요? 원장님은 좋으시겠다."

"내 원장님이래."

법인 직원들이 모두 크게 웃었다.

원장님도 얼굴이 빨개지면서 수줍게 웃으셨다.

마담 오드리와 앵똘레랑스

정확히 고소 38일 후 원장님의 경찰서 소환 조사가 있던 날, 원래는 경찰서에서 구청에 사안보고를 하기로 되어 있었는데, 피해자가 아동이 아닌 관계로 경찰서에서 보고를 하지 않고, 내가 직접 구청에 보고하였다. 보고 후 구청장님의 발 빠른 조치로, 일주일 만에 원장님은 자리에서 물러나게 되었다. 무죄 추정의 원칙이 있어서 쉽지 않았을 텐데, 구청장님의 결단으로 어쨌거나 신속하게 진행되었다.

당시 내가 상황 보고와 함께 구청장님께 올린 편지에는 이러한 내용이 있었다. '사실 우리 수정이는 부모가 있습니다. 바로 구청장님이십니다. 부모가 없어서 보육원에서 자라야 하는 아이들은 관내 최고 권력자이신 구청장님이 바로 부모님, 아버지입니다. 아이들이 안전하게 지낼 수 있도록 빠른 조치 부탁드립니다.'

나이가 든다는 것은 좋은 일이다. 내 나이가 오십인데 내가 하고 싶은 대로 하고, 내가 책임지면 되니까 좋다. 타협하지 않아도 되고, 내 머리로, 내가 생각하고, 내가 판단하고, 행동하고, 책임지면 되니까.

나는 이번 사건 관련하여 피해자 아이와 보육원 아이들 그리고 보육원, 법인 모두를 보호하고 싶었다. 그것이 성폭력 관련 기관이나 언론 등의 도움을 받지 않고, 사선 변호사를 선임하여, 나름 조용하게 진행한 이유였다.

하지만 조직을 보호해야 한다는 것에 회의감이 드는 것은 어쩔 수 없다.

아무리 좋고 완벽한 시스템이 갖추어 있다고 하여도 제일 높은 사람이 문제를 일으키면 시스템이 돌아가지 않는다.

책에서만 보아왔던 한나 아렌트의 '악의 평범성'을 직접 목격하게 된다고나 할까? 성실하고 선해 보이는 인간 이면의 모습, 충격적인 모습들을 만나게 된다.

누군가는 이렇게 말을 했다.

"수정이는 우리 아이 아니고, 성인남녀 간의 일이고, 무죄 추정의 원칙이 있으니 관여하지 않겠다."

그래서 나는 물었다.

"퇴소한 아이여서 보육원 아이는 아니지만, 아동복지법 38조와 그 시행령에 따라 퇴소 후 5년간은 우리 자립지원전담요원이 관리하게 되어있지 않나요? 그리고 무죄 추정의 원칙? 좋아요. 그렇다면 유죄가 나오면 어떻게 책임질 것인데요?"

"제가 왜 책임을 지나요?"

그 사람은 황당하다는 표정을 지었다.

"그러니까 무죄 추정의 원칙이 있으니, 관여하지 않겠는데, 유죄가 나와도 나는 책임이 없다면, 아이는 언제 보호하고, 누가 보호를 할 것인가요? 보육원의 목적이 아이를 키우는 것만이 아닌 건전한 성인으로 성장시켜 자립하게 하는 것인데, 이런 식으로 다 키워서, 원장이 이런 범죄를 저질렀는데, 관여하지 않겠다면, 애를 다 키워서 산 채로 바치겠다는 것인가요? 현재는 무죄 추정의 원칙이고, 후에 유죄

여도 나는 책임이 없다면, 정말 편하게 사시네요."

'그렇지만 따져서 무엇하랴?'

"꼭 그렇게까지 했어야만 했나? 다른 방법은 없었나?"
"내가 오랫동안 봐와서 아는데, 그럴 분이 절대로 아니다."
"아니, 애는 왜 거길 따라갔데요?"
"애 말만 듣고, 뭐 하는 짓이냐?"
"간호사 선생님, 명예훼손으로 간호사님이 고소당할 수 있어요. 조심하세요."
"한 사람 인생이 걸린 문제이다."
"이러다 보육원 문 닫겠다. 보육원 폐쇄하면 그럼 애들은 어디로 가냐?"
"억울한 사람은 없어야 한다."
"원장님이 애들한테 잘 해주신 건 기억해야 한다."
"내가 걔를 아는데, 절대로 믿을 만한 아이가 아니다."
"얻어먹을 것 다 얻어먹고, 원장님 이용만 하고 뭐 하는 거냐? 그럴 걸 원장님은 애를 왜 장학금이다 뭐다 챙겨주고, 그 비싼 대게는 왜 사 주셨데?"

오랜 기간 집단의 적의에 둘러싸여 괜찮은 사람은 없다. 그렇지만 자기 머리로 생각하고 행동하는 사람의 경우, 그것이 그 사람이 존재하는 방식이고, 나 같은 사람은 사실 집단의 안에 있으면 숨을 쉬지 못하고, 힘들어하는 사람이니 그 숙명은 감수하는 수밖에 없다.

오랜 친구 중에 프랑스 철학을 공부하다가 유학을 가서, 석박사 과정을 마치고 우연히 요리에 흥미를 느껴 현재 서울에서 '오드리네'라는 프랑스 식당을 운영하는 지은이라는 친구가 있는데, 쉬는 날 친구도 볼 겸 오드리네에 갔다. 친구는 자신을 '마담 오드리'라고 부르는데 그 마담이라는 호칭이 술집 사장이 아니고 예를 들어 영화 <신비한 동물 사전>에 보면 여자 대통령을 '마담 프레지던트'라고 부른다나 뭐라나, 하여간 자기가 '마담 오드리'란다. 나도 자주 '마담 오드리'라고 부른다.

　식전 빵, 열대과일과 새우마리네, 구운 가지에 리코타치즈와 발사믹 드레싱을 올린 샐러드, 크림이 들어간 아스파라거스 스프에 감자 퓨레가 곁들어진 안심스테이크, 그리고 크림프렐레와 커피, 완벽한 식사는 완벽한 행복이 무엇인지를 경험하게 해준다. 차를 가지고 가서 와인을 못 마신 것이 아쉬웠다.

　마담 오드리와 오랜만에 만나 근황도 듣고, 사건에 대한 대화를 나누었다.
　"아참, 지은아, 동생 석우한테 좋은 변호사님 소개해 줘서 고맙다고 꼭 전해줘."
　"아니, 동생이 오히려 고맙다고 하던데, 네가 이런 일에 적극적으로 나서줘서. 석우가 자기는 기업합병이랑 자산관리가 전문이라서 이런 케이스는 잘 모른다고, 직접 변호하지 못해서 미안하다고 하더라고."

"아니 아니, 모르면서 변호한다는 거, 그거는 노땡큐고, 그것보다 전문가 소개해 주는 게 더 고맙지. 우리 박나나 변호사님 완전 이쪽으로 전문이더라구. 최고 최고. 석우한테 정말 고맙다고 꼭 전해줘."

"다정아, 우리가 고마워. ......뭐 다른 별일은 없지?"

"글쎄, ...그런데 지은아! 고민이 있어. 그러니까 원장님이 나한테 잘 해 주시기는 했는데, 내가 '원장님께 너무 심하게 하는 것이 아닌가? 적당히 해야 하는 것이 아닌가?'라는 생각이 자꾸 들어서 마음이 무겁다."

"다정이 너, 네가 좋아하는 '똘레랑스'이야기하는구나?"

오드리가 그럴 줄 알았다는 듯이 미소를 지으면서 말했다.

"그렇지 뭐, 똘레랑스는 예전에 홍세화씨가 쓴 <나는 빠리의 택시기사>, <악역을 맡은 자의 슬픔> 등에서 많이 언급되었지."

나는 고개를 끄덕이며 대답했다.

"내가 프랑스 파리에서 '똘레랑스'는 정확히 배웠잖아."

"'똘레랑스' 우리말로 '관용'"

"'관용' 좋지. 하지만 '똘레랑스'의 반대말은 '앵똘레랑스'라고 '불관용', '무관용'이라는 것인데, 이것이 사실 반대말로 사용되기도 하지만 그보다는 뭐랄까 '똘레랑스'의 전제조건이기도 하지. 관용을 베풀려면 기본적으로 무관용에 대한 원칙이 있어야 해. 즉 나의 '앵똘레랑스' 그러니까 '무관용'이 무엇인지 생각해야지. 원칙이 없는 감상적인 '똘레랑스'는 결국에 약자에게 최소한의 보호막마저 무너트리는 조치가 되기 때문이야. 다정아! 너의 '앵똘레랑스'는 뭐니?"

마담 오드리가 나에게 질문을 했고, 나는 말했다.

"......'앵똘레랑스', 사실 '똘레랑스'보다 어쩌면 더 어려운 개념이

네. 나의 '앵똘레랑스'라? 글쎄, 아동 대상 성범죄를 포함한 모든 학대, 여성과 약자를 향한 차별과 착취, 그리고 소수를 향한 혐오 범죄, 뭐 그런 거 아닐까?"

마담 오드리가 화이트와인에 얼음을 가득 넣은 잔을 살짝 흔든 후 마시며 말했다.

"사람마다 무관용 원칙이 약간은 다를 수는 있겠지만, 뭐랄까 기본적으로 사회가 지켜야 하는 기본적인 무관용 원칙이란 것이 있어야 하고, 그것을 바탕으로 개인의 무관용 원칙을 점검하고, 그것이 단단할 때, 그것에 위배되지 않는 한도에서 관용을 베풀어야 한다는 것을 기억하면 도움이 될 거야. 이다정 씨! 마담 오드리의 말을 꼭 기억하세요."

"예, 유념하겠습니다. 마담 오드리!"

"얘, 어처구니가 없어서 웃음이 나오는데. 이런 사안은 사실 관용이라는 말 자체가 쓰일 수 없는 종류의 범죄야. 관용은 기본적으로 나와 다름을 포용할 때 쓰이는 말이지, 특히 약자를 대상으로 하는 착취나 혐오 범죄에는 쓰일 수 있는 용어가 절대 아니에요. 명심하세요. 그리고 마담 오드리가 응원합니다. 다정 씨, 파이팅!"

나는 묵묵히 지은이의 응원을 들으며 후식으로 나온 크림프렐레의 윗부분 캐러멜을 티스푼으로 탁 쳐서 깬 다음 한 스푼 떠서 입에 넣었다. 나는 단것을 좋아하지 않는데, 이상하게 오드리네의 크림프렐레는 포기할 수 없어서 꼭 두세 티스푼은 먹는다.

맛있는 음식이 있고, 현명한 조언까지 해 줄 수 있는 프랑스 식당 주인이 친구라는 것은 참 좋고, 행운이다.

지은이와 <똘레랑스>에 대한 이야기에서 에밀 졸라에 대한 주제로 흘러갔는데 드레퓌스사건으로 유죄를 선고받고 영국으로 망명을 갔던 에밀 졸라의 프랑스를 사랑하는 마음과 원망, 그 애증이 이 싸움을 하는 나에게 큰 위로가 되었다는 이야기를 했다. 집단의 광기에 둘러싸여 있으면서 자신의 신념을 지키는 것이 쉽지만은 않았으리라. 그런데 이상하게도 에밀 졸라 작품 속의 많은 인물 중에 계속 떠오르는 인물은 <제르미날>이나 <나나>, <목로주점> 등의 등장인물이 아닌 <여인들의 행복백화점>의 드니즈와 무레였다.

뭐랄까 사랑이라는 것은 드니즈와 무레처럼 순수해야 한다. 나는 아직 순수한 사랑에 대하여 믿고 싶고, 꿈꾸고 있나 보다.

원장님이, 경찰서에서 조사를 받던 날, 법인 변호사인 조영규 변호사님과 동행을 하였다.

조 변호사님은 시민운동 관련 인권 변호사로 유명한 분으로, 요즘에는 대그룹인 K사 공장에서 일하던 직원들의 탈모 관련 단체소송을 맡아 승소하여, 노동 작업환경 개선에 큰 공헌을 하셨고, 10년 전 유명한 아동학대 사망 사건에서도 공동변호인단의 단장을 맡아, 진상조사 및 책임자 처벌, 아동학대 관련 법 개정을 이루는데 큰일을 하신, 노동과 인권 쪽에서 꽤 유명한 변호사님이다. 시민단체 활동 시에는 청바지에 티셔츠 특히나 흰 티를 많이 입으셔서 그 모습이 익숙했는데, 원장님 변호 시에는 양복을 입으셔서 낯설게 느껴졌다. 물론 조 변호사님은 나를 모른다. 단지 우리 조 변호사님께서 내가 대학시절부터 후원하고 있는 시민단체의 대표도 십여 년 전 여러 해 동안 하셔서 연말에 감사카드도 받은 적이 있고, 직접 쓰신 사회운동 관련 서적 중 몇 권은 읽어서 그냥 나 혼자 친숙하게 여겨질 뿐이다.

우리 전두흥 원장님과는 변호사가 되기 전부터 알고 계셨고, 호형호제하는 개인적인 친분이 있다. 조 변호사님의 단점은 나쁜 사람을 변호해 본 경험이 별로 없다는 것이다. 그리고 원장님을 너무 신뢰하고, 개인적으로 너무 가깝다는 것. 사안을 객관적으로 보고 판단하고, 중재할 수 있어야 하는데, 우리 조 변호사님이 잘 할 수 있을지 모르겠다.

공주는 우리 측 변호사님들과 동행하에 경찰서에 방문하여 두 번의 녹화 조사를 받았으며, 내가 고발하려고 준비하였던 두 건의 녹음은 녹취록으로 만들어져서 증거로 제출되었고, 공주가 사건 발생 후 바로 하소연하였던 동생들과 원장님이 대게 먹으러 가자고 전화할 때 수정이 옆에 있었던 퇴소한 언니인 유하리가 경찰서에서 참고인 조사를 받았다. 원장님 측에서는 아이가 이상한 아이라는, 그리고 원장님은 좋은 원장님, 그럴 일을 하실 분이 절대 아니라는 탄원서 등을 접수하고 있었다. 경찰 조사 시 원장님은 추행 유인 관련 대게와 맛사지, 주말농장 숙소에서의 일박은 인정하였는데, 강제추행 부분은 전면 부인했다고 한다.

경찰은 기소 의견으로 검찰에 송치하였고, 아주 오랜 시간을 기다린 후 검사가 기소하여, 재판이 시작되었다.

엄 벌 탄 원 서

사건번호: 연두지방법원 20XX-고합1818호   피고인: 전두홍

탄원인: 이다정   주민등록번호: 000000-2000000

주소: 연두시 미아구 해태로 70 행복아파트 10동 1004호

안녕하세요?

저는 동현보육원에서 20년간 간호사로 근무하고 있는 이다정이라고 합니다. 피해자가 부모 등 연고자가 없는 관계로 아동을 대변하고자 하는 마음에 이렇게 판사님께 글을 쓰게 되었으니 양해 부탁드립니다.

판사님!

원장님은 친절하고 다정한 분이셨습니다. 뒷마당에 상추도 심어 아이들의 식탁에 오르게 하셨고, 아이들은 아버지처럼 따랐습니다. 우리는 가족이었습니다.

......그래서 더 무서웠습니다.

아이들이 따르던 친밀한 원장님이 사실은, 대게를 먹자고 퇴소한 언니를 유인하여 영덕까지 갔다가, 윗옷까지 탈의하는 맛사지 가게에 데리고 가고, 상주 주말농장 숙소에서 강제로 숙박하면서, 강제추행을 하는 분이셨다니. 아이들은 너무너무 놀랐습니다. 그리고 무서워서 벌벌 떨었습니다. 멀리에 있는 흉악한 무서운 사람이 범죄를 저지른 것이 아니라, 가까이에 있는 분, 보육원 3층 여자 방 바로 옆방에서 거주하시는, 따뜻하고 믿고 의지하고 있는 원장님이 우리를 성적으로

63

착취하다니.

 아이들을 울면서 말하였습니다.

"보육원에서 부모 없이 자라야 하는 우리들은 원장이 자자고 하면 잠까지 자줘야 하는 것이냐?"고요. "해도 해도 너무하고, 무섭고, 서럽다."라고 하였습니다. "우리들 데리고 그러시려고 보육원 후원금으로 주말농장 월세 얻었는지, 상주 주말농장이 너무 무섭다.", "수정언니 정말 무서웠겠다.", "부모처럼 믿었던 원장님까지 저렇다면 우리들은 누구를 믿어야 하느냐?", "A랑 B가 원장님 좋아하는데, 이러다 정말 큰일이 나겠다."라고 하였습니다.

 아이들을 전체적으로 예뻐하기도 하셨지만, 특히 현재 초등학교 6학년인 A아동과 현재 고등학생인 B아동을 예뻐하여, 갈치조림도 사주시고, 25만 원짜리 가죽으로 된 모브랜드의 가방(모델번호 101123-017 화이트 외)도 사주시고, 가깝게 지내면서 상주에 가자고 여러 번 이야기도 하셨다고 합니다. 그 두 아이들의 원장님 관련 사항은 피고인 측이 선물과 외식 관련하여 사실 확인서를 제출한 것으로 알고 있습니다. A와 B아동이 제2, 제3의 그루밍 범죄의 타깃이었을까요? 정상적인 보육원 원장과 아동의 관계에서 25만 원 상당의 가방을 두 아이에게만 선물할 수 있는지 의문입니다.

 그래서 피해자 김수정이 고소를 하게 된 것입니다.

 피해자 자신은 단지 1년만 피고인 원장님과 보육원에서 함께 생활 후 퇴소하였지만, 정년이 10년 가까이 남으신 분이 여자 동생들에게 따뜻하고 다정하게 다가와, 오랜 시간 신뢰와 정을 쌓으며 생활하다가, 성적으로 착취한다면, 자신보다 더 큰 피해를 입을 것이라고 생각했기 때문입니다. 피해자는 동생들이 자신과 같은 피해자, 자신보다 더 큰 피해자가 되는 것을 막고자 하였습니다.

피해 아동은 아동복지법 제38조 및 그 시행령에 따라 퇴소한 지 만 5년이 되지 않은, 사건 당시 만 19세의 퇴소아동으로서, 본 보육원에서 관리를 받고 있습니다.

피해자 수정이는 우리 아이이고, 피고인 원장이 보호해야 하는 아이입니다.

또한 성인으로 보육원을 퇴소하여, 더 이상은 아동이 아닌 '성인'을 '아동'으로 칭하면서 5년간 돌보아주겠다는 아동복지법의 제38조 법조항은, 법에 대하여 문외한인 제가 보기에 사실상 "부모 없이 성인으로 보육원에서 퇴소한 아이들에게 국가와 사회 그리고 양식 있는 어른들이 최소한 5년간은 '사회적 부모'가 되겠다."라는 선언적인 법률로 보입니다. 그 어른들에는 저 뿐만이 아니라 경찰관님, 구청장님, 검사님, 판사님을 포함한 모든 어른들이 포함되겠지요.

우리는 고아원에서 퇴소한 아이들에게 '사회적 부모'가 되겠다는 약속을 하였고, 그 약속은 지켜져야 합니다.

성인이 되어서 보육원을 떠나야 하는 아이들에게 5년간 국가와 사회, 어른들이 '사회적 부모'가 되어주겠다는 이 선언적인 아동복지법 제38조 및 그 시행령의 약속은 판사님의 판결로써 최종적으로 완성될 것입니다.

저는 20여 년간 보육원에서 일하고 있지만, 이름도 없이 부모에게 버림받아, 보육원을 거쳐 사회에서 홀로 살아가야 한다는 막막함이 어떠한 것인지 아직 잘 모르겠습니다. 어쩌면 피해자가 신뢰하던 사람에게 그루밍 성폭력을 당한 사례는, 피해자의 특수한 예외가 아닌, 취약한 환경에 놓여있는 미성년 아이들과 성년이 된 아이들이 이 시대의 대한민국 사회에서 비슷하게 공유하는, 보편적인 경험인지도 모릅니다. 무섭고 안타까운 일입니다.

판사님! 판사님께서 판결을 통하여 단호하게 경고해 주시기를 부탁드립니다.

부모 없는 아이들의 부모 역할을 해야 하는 원장이 자신의 직무를 저버리고, 자신의 보호 아래 있는 아이들을 친절을 위장한 그루밍을 통하여 성적으로 착취한 피고인을 엄벌해 주셔서, 다양한 상황의 취약한 환경에 놓여있는 아이들이 성범죄로부터 더욱 안전하게 생활할 수 있도록 지켜 주십시오. 그 판결은 지금 이 순간에도 어려운 환경의 아이들을 호시탐탐 노리고 있을, 친절을 가장한 그루밍 범죄자들에게 가장 강력한 경고가 될 것입니다.

판사님께 부탁드립니다.

피해자인 김수정 아동은 연두시에 있는 대학교에서 유아교육학을 전공하며 졸업 후 어린이집 교사가 되어 어린이들에게 도움이 되는 삶을 살고 싶다고 합니다. 판결 안에서 어려우시더라도 꼭 수정이에게 위로와 칭찬, 격려를 부탁드립니다. 예쁘고 용기 있는 우리 모두의 딸입니다. 이번 사건은 보육원에서 바르게 자란 아이가 "딸 하자, 해외에 바로 나갈 수 있게 여권 만들어라, 거처할 곳을 마련해 주겠다, 골프 배우게 해 주겠다, 졸업하면 원하는 곳에 취업시켜 주겠다." 등의 물리치기 어려운 유혹에도 불구하고, 용기 있게 결심하여, 자기 자신과 동생들을 안전하게 지킨, 마음 아프지만 감동적인 사건이라고 생각합니다. 판사님들의 판결과 격려는 피해자 수정이가 제 몫을 다하는 당당한 성인여성으로 성장하여 스스로의 삶을 힘차게 살아가는데 큰 도움이 될 것이며, 그렇게 됨으로써 비로소 이 사건은 마무리될 것이라 생각합니다.

저는 아이의 곁에서 지속적으로 돕겠습니다.

마지막으로 조심스럽지만 피고인 전두홍 원장은 산하 여러 기관이 있는 저희 법인 국장 출신이자, 법인 내 최고 실세로서, 이는 법인의 이사회 감사(조영규 변호사)가 피고인의 변호인이라는 사실만을 보시더라도, 이에 피해자가 처한 상황을 짐작하실 수 있으시리라 생각합니다. 저는 현재에도 자신의 혐의를 전면 부인하고 있는 피고인이 엄벌에 처해지지 않을 때, 닥칠 일들이 무척이나 두렵습니다.

그럼에도 불구하고 이 범죄는 어리석고 탐욕스러운 한 인간의 일탈이며, 저희 동현보육원은 오래전 설립자께서 사재를 털어 개원하신 이래 아동의 안전과 권리를 최우선으로 생각하며 자리해 온 모범적인 보육원으로써, 그 전통을 우리 아동들과 저를 비롯한 직원들이 지켜갈 것임을 굳게 약속드립니다. 이 사건으로 인하여 저희 보육원과 보육원 아동들에게는 여러 가지 면에서 피해가 없도록 깊이 고려해 주시기를 간곡히 부탁드립니다.

예쁘고 바른 아이들, 성실하고 지혜롭고 행복한 어른으로 성장할 수 있도록 최선을 다하겠습니다. 약속드립니다. 감사합니다.

00년 00월 00일
동현보육원 이다정 간호사 배상

나는 판사님께 위 내용의 엄벌 탄원서를 보냈고, 증권회사에 다니는 퇴소한 언니는 피해자 아이를 '내 동생 수정이'라고 부르고, 여러 퇴소한 보육원 출신들과 후원자 등이 오빠, 이모 등의 입장에서 써 준 엄벌 탄원서를 접수했다.

탄원서를 낸 아이 중에 패션 디자이너로 일하는 균호라는 30대의 키가 190에 얼굴이 하얗고 수영과 달리기를 해서 몸도 건강한 정말 잘생겨서 보기만 해도 흐뭇한 남자아이가 있는데, 사건 관련 상의도 할 겸 만나서 이런저런 이야기를 하는 자리에서, 아이가 이번 성범죄 관련하여 이해가 안 된다는 표정을 살짝 지었다.

그래서 내가 이야기했다.

"균호야! 그러니까 말이다. 너, 나 좋아하지?"

"그럼요. 저야 간호사 선생님 좋아하죠."

"나두 너 좋아하고, 사랑하잖아. 균호야 알고 있지?"

"그럼요, 선생님이 저 사랑하는 거 알죠. 저도 선생님 사랑해요. 크크."

"근데 말이다. 균호야, 내가 너 좋아하고, 사랑한다고, 너랑 자려고

68

하면, 너, 깜짝 놀라지 않겠니?"

아이가 얼굴이 하얗게 질리면서 말했다.

"아! 선생님 왜 그러세요. 소름 끼치게. 그런 말씀 하지 마세요. 놀랐잖아요."

아이는 부들부들 떨기까지 했다.

"피해자 애가 얼마나 놀랐을지 알겠니?"

"어휴, 애가 까무러치게 놀랐겠네요. 아이고, 어떤 상황인지 확실하게 알겠어요."

균호는 질린 표정으로 고개를 설레설레 흔들면서 이야기했다.

"제가 글 쓰는 거 좋아하니까 탄원서 잘 써볼게요. 선생님 노고가 많으시네요."

우리는 먹던 밥을 다 먹고, 일주일 후에 탄원서를 건네받기로 약속을 잡고 헤어졌다.

나는 혼자 집에 가는 길에 구시렁거리며 혼잣말을 했다.

'그런데 균호 걔는 내가 진짜로 자자고 한 것도 아니고, 그리고 내가 자자고 하지도 않지만, 설사 자자고 한들 그게 그렇게까지 소름 끼치고 펄펄 뛸 일인가? 아니지 아니지, 내 안에 전두홍 원장이 있는 것도 아니고, 그런 생각하면 안 되지. 어휴.'

'하지만 거 참, 생각할수록 엄청 기분 나쁘네. 그렇다고 애가 좋아하는 것도 이상하기는 하고. 아휴, 짜증 나! 그런데 균호한테 따지지도 못하고, 황당한 이야기라 기분 나쁜 걸 누구한테 하소연도 못 하고. 내 참.'

'나는 모지리인지 왜 쓰잘머리 없는 이야기를 해서 손해만 보는지.

나는 바보인가보다. 도대체 이런 모지리는 어디서 기어 나오는 것인지 도통 모르겠다. 어디 모지리 대회 열리면 일등도 할 수 있겠다. 아이참. 세상에서 제일 멍청하고 한심한 인간이, 바로 나 이다정이다!'

정말이지 나 자신에게 짜증이 났다.

재판은 계속 진행되었고, 여전히 우리 법인 변호사님인 조영규 변호사님은 원장님을 신뢰하고, 전적으로 무죄를 확신하고 계신 듯했다.

"재판장님! 이 건은 평소 원장에게 불만이 있어, 아동 학대 사건을 기획해 원장을 날리던 이다정 간호사가 이를 실패하자, 이차로 기획한 성범죄 사건인 것입니다."

"그리고 피해자를 꾀어서, 유아교육 전문가가 아닌 간호사를 만들려고 하고 있습니다."

아동학대 사건은 뭐고, 도대체 뭔 말씀인지 모르겠다. 게다가 수정이가 사건 후 일 년이 지난 현재 잠시 휴학 중인데, 유아교육과 졸업 시 간호조무사 자격증이 있으면 취업과 중간중간 아르바이트에 유리한 측면이 있어, 나의 권유로 간호조무사 학원을 두 달 다니다 적성에 안 맞아서 그만두었던 것을, 내가 아이를 꼬셔서 간호사를 만들고 있다는 이상한 주장을 하셨다. 우리 조 변호사님은 냉정하게 판단하고 중재하면 되는데, 냉정하게 판단하지 못하고, 판단하지 못한 상태에서 너무 열심히 변호를 하신다. 왜 일을 이상하게 만드시는지 모르겠다.

법정에서 내 이름이 30번 이상 불렸다.

예전에 보육원 운동장에서 아이들과 싸우던 가을이가 하던 말이 기억났다.

"바보라고 하는 사람이 바보인 거야."

아이구야, 그래도 다행인 건 간호사나 이 간호사가 아닌 이다정 간호사라고 이름을 완벽하고, 정확하게 불렀다는 것이다. 고마운 일이다.

<초혼>

김소월

1925년 시집 <진달래꽃>수록

산산이 부서진 이름이여!
허공중에 헤어진 이름이여!
불러도 주인 없는 이름이여!
부르다가 내가 죽을 이름이여!

심중에 남아 있는 말 한 마디는
끝끝내 마저 하지 못하였구나.
사랑하던 그 사람이여!
사랑하던 그 사람이여!

붉은 해는 서산마루에 걸리었다.
사슴의 무리도 슬피 운다.

떨어져 나가 앉은 산 위에서
나는 그대의 이름을 부르노라.

설움에 겹도록 부르노라.
설움에 겹도록 부르노라.
부르는 소리는 비껴가지만
하늘과 땅 사이가 너무 넓구나.

선 채로 이 자리에 돌이 되어도
부르다가 내가 죽을 이름이여!
사랑하던 그 사람이여!
사랑하던 그 사람이여!

100년 전에 김소월 시인께서 내 이름이 이렇게 황당하게 불리실 줄 알고 아름다운 시 <초혼>를 지으셨나 보다. 예술이 영혼을 위로함을 느끼는 순간이다.

조 변호사님은 나 안 죽었는데 직접 불러서 물어보시지, 왜 자꾸 허공에 대고 내 이름을 부르시다가, 그 자리에 돌이 되시는지 알 수가 없다.

우리 측 변호사님들이 피고인 측에서 너무 지저분하게 나온다며 화내면서, 내가 공격받는 것을 위로하기에 나는 김소월의 <초혼> 전문을 메시지로 보내 드리면서

"이 시, 정말 환상적으로 아름답지 않나요? ······괜찮아요. 우리 조 변호사님이 나 좋아하나 봐요. 예쁘니까 별일이 다 있네요. 그래도 저를 간호사나 이 간호사로 부르지 않고, 이다정 간호사로 이름을 정확히 불러주셔서 기분은 좋네요."라고 말씀드렸고 변호사님들은 황당해하셨다.

'내가 사건을 기획하였다고? 내가 사건 해결을 기획하였다는 것은 맞는 말이기는, 하지만 원장님을 쫓아내려고 없는 사건을 만들어 원장님께 누명을 씌웠다니? 내가 왜?'

거 참, 흥미로운 주장이다. 우리 조 변호사님은 너무 특이하게 변호를 하신다. 물론 나를 뭐라 하시는 것이 기분이 좋지는 않지만, 부모가 없어 기댈 곳 없는 피해자를 공격하는 것보다는 나은 선택이라고 보인다. 아마도 우리 조 변호사님이 너무 착하셔서 피해자 아이를 공격하기가 곤욕스러운가 보다. 뭐 어쩌겠는가? 나를 이상한 사람 만든다고 내가 이상한 사람이 되는 것도 아닌데. 그런데 너무 짜증이 났다.

'에라 짜증 나는데 살이나 빼자.'

나는 원래 맛있는 거 요리해 먹으면서 행복하게 사는 게 삶의 목표라 고백하자면, 전에 뮤지컬에 나왔던 바나나 푸딩도 '바나나 나나나나 바나나 푸딩'노래를 흥얼거리면서 이미 만들어 먹어봤다. 바나나 푸딩은 바나나와 생크림, 푸딩 믹스, 계란 과자로 만드는데, 막 만들었을 때보다 하루가 지나니까 계란 과자가 촉촉해지면서 더 맛있었다. 내 몸은 원래 해리 포터에 나오는 약간은 몰리 아줌마 스타일인데 법정 싸움을 하느라 너무 신경질이 나고, 일이 너무 커지는 듯한 상황이 부담스러워서 살이 조금 더 쪘다. 그런데 재판이라는 것이 내 맘대로 되는 것이 아니고, 세상에서 내 맘대로 되는 것은 내 몸 하나밖에 없는 것 같다는 생각이 들었다.

'이참에 살이나 빼자.'

머릿속에 다이어트에 관한 생각의 번개가 쳤다.

살면서 처음으로 다이어트를 시작했다. 식이조절하고 운동하니까 살이 쭉쭉 빠졌다.

결론적으로 6개월간 체지방만 11킬로가 빠지고 복부 둘레가 10센티미터 줄었다.

이 상황에서는 세상에서 내 살 내가 빼는 게 제일 쉬웠다. 이제 맞는 옷도 없고, 뺄 살도 없다.

정신이 힘들 때는 몸이 정신을 받쳐 주어야 하고, 몸이 아플 때에는 정신이 몸을 지탱해 주어야 한다.

몸과 정신은 다르기도 하지만 서로 깊이 영향을 주기 때문에 정신이 힘들면 정신만 돌보지 말고, 몸이 힘들면 몸만 돌보지 말고, 정신이 몸을 돕도록, 몸이 정신을 지탱하도록 만들어야 한다. 몸이 건강해지니 스트레스도 덜 받는 것 같다.

이순신 장군 보다 더 큰 용기

재판은 계속 진행되었고 피해자인 수정이의 증언이 있었다. 피해자 증언 시 피고인 측이 내가 법정 밖으로 나가 있기를 요청하여 나는 법정 밖으로 나가 있었는데, 어차피 신뢰관계인으로 박나나 변호사님이 동석하시고, 최석봉 변호사님은 변호인석에 앉아 계시는 상황에서 나로서는 그 이야기 자체가 너무나도 울화통이 터지는 사건이라 방청석에 앉아있어도, 내가 내 감정을 조절하기가 어려워서 법정 밖에 나가 있고 싶었는데 다행이다 싶기도 했었다. 역시 조 변호사님은 나를 배려해 주신다. 법정 문 앞에서 기다리던 나는 수정이의 증언 후 그날의 남은 재판은 변호사님들께 맡기고, 수정이와 도망도 갈 겸 점심을 먹으러 법원을 일찍 나섰다.

그다음 공판에서는 원장님이 수정이에게 대게를 먹으러 가자고 전화할 때 옆에 있었던 퇴소한 언니 되는 유하리를 피고인 측에서 증인으로 불렀다.

하리는 내가 아는 한 가장 용감한 아이이다. 중학교 입학시점에 아이가 할아버지랑 살다가 경제적으로 꽤 어려운 상태였고, 돈이 없어 어떻게 해야 할지 몰랐다고 한다. 중학교 입학하는 날인 3월 2일에 학교에 가지 못하고 집에 멍하니 앉아있다가 교무실에서 집으로 전화가 왔을 때, 아이는 자기의 사정을 주저리주저리 말하면서

"교복도 급식비도 돈도 없고, 학교는 가고 싶은데, 방법도 모르고, 엄두가 나지 않아 갈 수가 없었어요."라며 하소연했다고 한다.

아이의 사정을 듣던 담임선생님이 다음날 9시까지 교무실로 오라

고 했는데, 가보니 교과서와 헌 교복, 서류를 주면서 그 교복 입고, 서류를 작성해서 동사무소 찾아가라고 해서, 여차여차 신나게 학교에 다닐 수 있게 되었는데, 할아버지가 돌아가시고, 친구 집을 전전하다가 학교의 주선으로 보육원에 들어온 아이이다.

나는 입소 당시 아이의 중학교 입학 관련 이야기를 듣고 감동했다.
어려움에 처한 사춘기 소녀가 자신의 처지를 설명하고 학교를 다니고 싶다고 말한다는 것은 쉽지 않은 일임이 분명하다.
학교에서 왜 등교하지 않았냐고 전화가 왔을 때, 짜증을 내면서 전화를 끊지 않고, 자신의 처지를 알리고 도움을 요청한다는 것, 그리고 그 도움을 주는 손을 꼭 잡는 행동은 내가 경험하지 못한 큰 용기가 필요한 일인 것이다. 세상에는 왜적과 싸우는 이순신 장군과 같은 용기만이 필요한 것은 아니니까.
나는 그 용기에 감동하고 칭찬의 말을 건넸었다. 그렇게 보육원에 입소한 하리가 벌써 퇴소 후 몇 년이 지나 당당한 성인여성이 되었으니 보기만 해도 흐뭇할 따름이다.
사람들은 유하리의 겉모습을 보고는 모를 것이다. 그 안에 숨겨진 엄청난 용기와 행복하게 살고자 하는 강한 의지를 상상조차 할 수 없으리라.

하리는 일인 미용실을 작게 운영하고 있는데, 사건 전 원장님과 수정이의 통화 시에도 옆에 있었지만, 사건 이 주 후 수정이가 하리의 미용실에서 머리를 자르면서 사건에 대하여 하소연하자 하리가 화를 내면서

"원장이 미쳤구먼! 고소해!"라고 말했었다고 한다.

우리 조 변호사님은 하리에게 사건 관련 피해자에게 들었던 내용에 대한 여러 질문을 했다. 그중에 대게에 관한 질문도 있었다.

"그런데 피해자가 증인에게 대게가 맛있었다고 이야기하지 않았나요?"

"네, 엄청 맛있었다고 했습니다. 그런데 그게 왜 궁금하세요?"

"……음, 법인 변호사님은 대게 좋아하세요? 저는 사실 꽃게는 먹어봤는데 대게는 비싸서 아직 못 먹어봤습니다. 그런데 맛있으면 안 되는 건가요? 그리고 이 상황에서 '대게가 맛있었느냐? 아니냐?'를 왜 물어보세요? 대게가 맛있었다고……"

유하리가 잠시 뜸을 들이고 말을 이어갔다.

"원장님이랑 잠을 자 줘야 하는 건 아니잖아요."

하리의 젖은 듯한 목소리가 약간 흔들렸다.

"애가 대게가 맛있고, 먹고 싶으니까 따라갔겠지요. 어릴 때 먹어 본 음식인데 쉽게 먹지 못하는 거니까."

나는 뒷모습만 볼 수 있었지만 아마도 하리가 입술을 살짝 깨물었을 것이다.

하리의 증언 후 다음 공판에서 피고인 원장님 심문이 있기로 하고 이번 공판은 끝났다. 나는 우리 측 변호사님과 법원을 나서면서, 증언 직후 급하게 미용실로 돌아간 하리에게 전화를 했다.

"유하리! 오늘 정말 고생이 너무 많았다. 한 사람 때문에 여러 사람 고생이다. 내가 다 미안하네."

"아니에요, 선생님, 저는 사실 법정에서 수정이 일을 증언하고 싶었어요. 판사님 앞에서 원장이 잘못한 거 꼭 말하고 하고 싶었거든요. 그런데 제가 잘 말했는지 모르겠네요."

"잘했어."

"그런데 저쪽 변호사님은 수정이가 대게 맛있었다고 하지 않았냐는 건 왜 물어보신데요? 짜증 나 죽는 줄 알았어요."

"그러게, 우리 조 변호사님이 원체 착하고 좋은 분이셔서 당황하셨나 보지. 하여간 잘했어, 고생 많았다. 니가 예쁘니까 참아라."

나도 대게가 맛있었는지가 무척 궁금해서 초반에 수정이한테 물어 봤는데, 우리 조 변호사님이 역시나 나랑 통하는 부분이 있는 듯하다. 갑자기 우리 조 변호사님도 대게를 좋아하는지, 원장님이 사주신 적이 있는지가 궁금해서, 다음 공판에 만나면 물어보고 싶다.

그리고 법정에서 우리 유하리는 역시나 용감했다.

하리와 통화 후 변호사님들과 분식집에서 충무김밥, 새우볶음밥, 북엇국으로 점심을 함께 먹으면서 이번 공판에 대한 대화를 나눴다.

"박 변호사님! 우리 조 변호사님이 하리를 증인으로 왜 불렀는지 모르겠어요. 피고인한테 손해나는 증인을 왜 자꾸 부르신데요?"

"아니, 그리고 증언의 내용과 별개로 우리 하리가요 보셔서 아시겠지만 과하게 예쁘잖아요, 뭐랄까 고아여서 풍길 수 있는 야생화 느낌의 아름다운 젊은 여성의 가끔은 울먹이는 이러한 종류의 증언을 들었을 때, 그 말을 의심할 수 있는 정도의 의지를 지닌 중년의 남성이 세상에 존재할 수는 있다고 생각하세요? 판사 세 분, 검사님, 상대측 변호사 모두 중년의 남성이니. 참나. 그건 사실상 불가능하다고 생각합니다. 어떻게 생각하세요? 이건 우리 조 변호사님이 원장님께 불리한 증인인 하리를 부른 것 자체가 잘못되었지만, 하리가 과하게 예뻐서도 망한 증인소환입니다. 그렇지 않나요, 최 변호사님?"

나는 밥숟가락을 내려놓고, 두 손을 하늘로 벌리면서 우아하게 말했다.

"푸하하!"

두 변호사님은 박장대소를 하셨다.

"아니, 간호사님은 저쪽 변호사님은 '우리 조 변호사님!', '우리 조 변호사님!'이라고 다정하게 부르면서, 왜 우리는 사무적으로 딱딱하게 부르세요? 너무 섭섭합니다."라고 박 변호사님이 웃으며 말씀하셨다.

"그러니까요. 우리 조 변호사님은 피고인 측 변호인이지만 법인 변호사이기 때문에 뭐랄까, 저와 수정이의 지분이 그러니까 최소 1퍼센트 씩은 있다고 봅니다. 변호사님들 섭섭하셔도 조 변호사님도 제가 신뢰하는 제 변호사, 우리 변호사입니다. 이해하세요. 좀 특이하기는 하지만, 결국에는 2퍼센트 지분이가 책임감을 가지고, 자기 역할을 하리라 기대합니다. 그리고 기본적으로 상황이 해괴하지만 제일 열심히 하고 계시잖아요. 알고 보면 같은 편인데 질투하고 그러지 맙시다."

나는 웃으면서 말을 이어갔다.

"그런데요. 우리 조 변호사님이 나 좋아하는 것 같지 않으세요? 나한테 반하셔서, 그래서 변호를 이상하게 하시나? 예쁘니까 별일이 다 있네. 최 변호사님이 전화하셔서 말씀 좀 해 주세요. 저 좋아하지 마시라고."

그랬더니 옆에 계시던 최석봉 변호사님께서

"으음, 우리 조 변호사님이 간호사님을 좋아하는지 안 좋아하는지는 모르겠고요. 하여튼 우리 조영규 변호사님은 우리의 X맨 고마운 분이지요."라고 화답하셨다.

"아참, 박나나 변호사님! 궁금한 게 있는데요. 이게 전형적인 그루밍 성범죄잖아요? 그런데 친절한 것과 그루밍 성범죄인 걸 어떻게 구별하나요?"

"간호사님도 이번 사건 때문에 공부를 많이 하셨을 텐데요. 음, 그루밍 성범죄가 단계가 있잖아요. 피해자 선택, 신뢰 형성, 욕구 채우기, 고립시키기, 성적 관계 만들기, 협박과 회유를 통한 통제하기 여섯 단계인데 보통 피해자를 선택 후 피해자를 대상으로 욕구 채우기와 고립시키기가 시작되면 그루밍이 작동하고 있다고 보면 됩니다."

"즉 특정 아동에게 과하게 특별한 선물을 주거나 둘만의 만남이 시작된다면 그루밍이 작동된다고 볼 수 있는 것이지요. 특히 둘만의 만남이요."

"그리고 그 단계에서 보통은 가벼운 신체적인 접촉이 시작되는데, 그 신체적 접촉이라는 것이 이번 사건에서 보이듯이 살짝 친다거나, 손을 잡는다거나, 어깨에 살짝 손을 올린다거나, 팔짱을 낀다거나, 뭐랄까 일반적으로는 하지 않는 신체적 접촉이지만 거부하거나 항의하기에는 좀 애매한 정도의 신체적 접촉을 약간의 강도를 높여가면서 시작하지요. 일종의 간 보기로요."

"맞아요. 맞아요. 친절한 거랑 그루밍인 거랑은 단둘의 만남 그리고 신체 접촉의 시작에서 확연한 차이가 있는 거 같아요. 박 변호사님! 유럽의 경우에는 그루밍 2, 3단계 즉 개인적인 만남을 시도하는 단계에서도 처벌이 가능하던데요."

"그래요. 우리나라도 좀 적극적인 처벌이 필요하다고 봐요. 그래서 함정수사도 가능하게 하려는 것이고요. 그루밍 범죄가 작동되면 피해자가 그것을 범죄라고 깨닫게 되기까지 많은 시간이 걸리고, 피해도 어마어마하니까요. 그리고 요즘에는 온라인 그루밍 피해 사례도 많고 온오프라인이 연결이 되는데, 특히 온라인 그루밍은 사진을 주고받는다는 특징이 있습니다. 보통의 사진보다는 노출이 있는 사진, 혹은 정면을 바라보아서 합성하기에 좋은 사진을 달라고 요청하는 것이지요. 범죄자 본인 사진은 거짓인 경우가 많고요. 피해자는 자신의 사진을 주었다가 협박으로 연결되는 경우가 많습니다. 당연한 이야기이지만 주소도 선물하기 등을 통하여 이미 확보해 두는 경우가 대부분이구요."

"단둘이 만나거나, 신체적 접촉을 시도하거나, 사진을 요구하면 일단 의심을 해야겠네요."

"그렇지요."

"아 참, 애들을 안전하게 키우기가 정말 어려운 세상이네요."

"그루밍 성범죄는 사실 어린 사람만을 대상으로 하지 않습니다. 나이가 상당히 많은 사람들이 타깃이 되기도 하지요. 인간의 나약한 부분인 고독과 관심받고자 하는 욕구를 파고드니까요."

"아, 그렇군요."

"......그런데 여기 충무김밥 너무 맛있네요. 변호사님들 오늘 공판에 참석해 주시고 맛있는 점심도 사 주셔서 감사합니다."

"이 사건은 정말이지 혼자는 경험할 수 없는 연대감을 느낄 수 있어서 좋습니다."

최석봉 변호사님이 말씀하셨다.

"우리 모두가 보육원 아이들의 '사회적 부모' 역할을 하고 있는 것이네요. 수정이와 이 간호사님 그리고 우리 변호사들 그리고 재판에 관계된 모든 분들이요. 감사한 일입니다. 아, 그리고 의미 있는 일에 선배인 저를 불러줘서 고마워요. 다음 공판에서 뵙겠습니다."

박 변호사님의 인사 후 우리는 헤어져 각자의 집으로 향했다.

재판이 진행되는 사이에 수정이와 유하리를 갈비집에서 만났다. 갈비집인데 반찬으로 잡채가 나온다. 잡채에 별거 들어간 것은 없는데, 단맛이 살짝 나는 게 맛있다. 수정이가 잡채를 좋아해서 오늘은 일부러 이곳을 예약했다.

나는 열심히 고기를 굽고 애들은 오랜만에 만나서 이런저런 이야기를 했다.

"수정아 너는 사람들이 부모님에 대해서 물으면, 어떻게 말하니?"

"언니, 그러니까 친한 사람이면 뭐 고아라서 보육원에서 자랐다고 말하기는 하는데, 별로 안 친한 사람이랑 굳이 그런 거 말하기 좀 그래서. 그게 부모에 대해서 직접 질문하는 것이 아니라 자기 이야기하다가 지나가는 말로 '너는 이번 어버이날 부모님 선물 뭐 해드리니?' 뭐 그런 자잘한 대화 중에 불쑥 나오는 말인데 굳이 내 사정 말하기도 그래서."

"그러게 그게 어렵더라. 다른 사람은 당연한 건데 우리는......"

"그래서 그냥 가상의 엄마를 만들기는 했는데, 서울에 살고 계시고, 자주는 못 보지만 그런 사이. 그게 엄마 나이랑 내 나이랑 맞아야 하고, 띠도 정확히 알아야 하더라고. 어휴."

"그래서 너는 엄마랑 몇 살 차이가 나는데?"

"나는 서른 살. 나이 맞추기도 쉽고, 띠만 외우면 되니까, 그런데 보통은 그냥 아무 말 안 하거나 '그러게'라고 대답해. 굳이 거짓말하기도 싫으니까. 그냥 그런 엄마가 있다고 생각은 해 두었어."

"나는 엄마에 대한 기억도 없는데, 가족관계부 보니까 스물네 살 차이가 나더라, 띠가 같아서 다행이기는 하지. 하하."

"그런데 호칭이 말이야. 이모, 고모는 알겠는데, 숙모는 모르겠고 하여간 친척 관계 명칭이 어렵더라고, 있지도 않고, 불러본 적이 없으니."

"그러게 이모, 고모 넘어가면 나도 어렵더라. 아 맞다, 올해 퇴소한 연주랑 애들은 잘 살아?"

"응, 잘 살아. 유하리 언니, 그리고 갑자기 생각났는데 언니가 나 보육원 퇴소하고, 자립생활관 들어간 첫날 맛있는 거 사주고, 일주일 정도 같이 잠도 자주고 많이 챙겨줬잖아. 고마웠어. 고마웠다고 말을 못 해서. 그래서 말하는 거야. 그래서 나도 애들이 퇴소하면 챙겨 주고 있고, 진짜로 퇴소 후 일주일은 매일 울었던 거 같아. 그냥 예정되어 있던 일인데 간섭하는 선생님도 없고, 이제 혼자 알아서 해야 한다고 생각하니까 엄청 서럽고 뭐랄까 겁이 났었거든. ......그런데 요즘 애들도 일주일을 울기는 울더라고."

"그래서 애들은 지금 괜찮고?"

"뭐 적응은 되었지. 적응 안 하면 어쩌겠어."

"다행이네. 참, 작년 고3 생일 지나고 바로 퇴소한 미소는 잘 산데?"

하리가 수정이에게 물었다.

"아, 미소? 엄마가 갑자기 나타나서 '왜, 애 아빠가 키운다고 데려

간 우리 미소가 고아원에 있냐?'고 화내면서 데리고 갔지?"

"응, 애 보고는 울고불고하면서 황당하게 그런 일이 있었지. 맞다. 미소네 엄마가 보육원에 처음 온 날, 내가 일이 있어서 보육원에 갔다가 애들이랑 잠깐 운동장에 있었는데, 미소랑 똑같이 생긴 어른이 보육원으로 들어오기에 나는 미소가 엄마가 있는지도, 그날 미소 엄마가 오는지도 몰랐지만, 미소 엄마 보고, 미소 엄마인지 바로 알았어. 똑같이 생겼더라고. 진짜로 신기하더라니까."

"언니, 미소가 나랑 연락하잖아. 걔네 엄마가 미소한테 얼른 퇴소해서 같이 살자며 미소가 어릴 때부터 모아두었던 후원금이랑 자립정착금 받은 거 이것저것 합쳐서 집 넓은데 구한다면서 돈 가지고 갔는데, 이사 가기로 하고 기존 엄마 집에 몇 달 같이 살다가 엄마가 갑자기 사라졌대. 살던 집 월세가 밀려서 보증금도 다 까였다던데. 어처구니가 없지? 그래서 지금 미소는 고시원에 산다나? 뭐 자립생활관이랑 LH지원 전세 알아보고는 있다는데 엄마가 갑작스럽게 돈까지 가지고 사라져서 거의 멘탈 붕괴를 넘어서 패닉 상태인가 봐."

"엥? 정말? 세상에 이상한 엄마들이 정말 많은가 봐. 그 뭐야? 이상한 나쁜 엄마 둔 연예인 있잖아. 나는 그 연예인이 대단히 중요한 일을 했다고 봐. 예전에는 이상한 엄마가, 이상한 부모가 있다는 걸 보통 사람들은 믿지 않았는데, 왜 그거 있잖아 '그래도 부모인데.', '그래도 자식인데.' 뭐 그런 마인드 그런데 그 연예인 사건 이후로 이상한 부모가 존재하고, 그런 부모를 둔 자식은 실제로 연을 끊어야만 생존할 수 있다는 것을 사람들이 알게 되었으니까."

하리가 한숨을 쉬며 말했다.

"애고, 어떻게 보면 부모가 없는 우리가 미소보다 좋은 상황이기는 하다."

수정이가 맞는 말이라는 의미로 고개를 끄덕이며 대답했다.

"그러게 무자식이 상팔자라더니, 왜, 무부모가 상팔자냐?"

고기를 굽던 내가 끼어들어 한마디 하면서 셋이 함께 웃었다.

참, 어린애들이 안 해도 될 고민을 하고, 어디서 듣도 보도 못한 대화들을 하고 있다. 인간은 어차피 모두 고아가 될 운명인데, 왜 부모가 없는 아이들은 서러운 삶을 살아야 하는지, 하지만 그런 대화를 듣는 중에도 웃으면서 대응해야 하니 쉽지는 않다.

다음 공판에 피고인 심문이 있었고, 곧 일심 판결이 나왔다.

실형 1년 6개월에 보안처분 관련 성교육은 받되 신상정보 공개 고지 면제, 법정 구속은 되지 않았다.

박 변호사님 말씀이 법정 구속이 되지 않은 이유는 피고인에게 '자신의 범죄를 인정하고, 피해자를 위로하고 합의하라.'라는 재판장님의 뜻이라고 해석해 주셨다.

'뭐 어쨌거나 항소하시겠지.'

일심 판결 후 몇 년 만에 내한한 <노틀담 드 빠리> 오리지날 프랑스팀의 공연을 남편과 보러 갔다. <노틀담 드 빠리>의 프롤로 주교처럼 나이 많은 남성이 젊은 여자의 육체를 탐하는 것은, 생물학적으로 당연한 일인지도 모른다. 젊음에 대한 동경, 그리고 생식에 대한 본능이 사람의 이성을 놓게 만드는 면이 있는데, 나도 젊고 아름다운 사람을 보면 한참을 바라보게 된다.

몇 년 전에 본 뮤지컬 <인상수 사랑가>의 변 사또는 춘향이에게 이렇게 말한다.

'이몽룡이는 오지 않는다. 나를 선택하면, 내 너의 눈에서 눈물 나게 하지 않겠다.'

내가 나이가 들고 있고, 젊음에 대한 동경과 열망이 어떤 것인지 알기 때문인지, 아니면 페뷔스와 이몽룡의 불타는 젊은 사랑의 무모함과 무책임을 알기 때문인지 모르겠다. 나이가 들면 알고 있지 않은가? 이몽룡이는 과거에 급제하지도 않고, 돌아오지도 않는다는 것을 그렇지만 우리들은 다음 세대들을 지켜보면서 양보해야 한다. 사랑도, 모험도, 세상도, 시련도, 절망까지도.

물론 <노틀담 드 빠리>의 프롤로 주교와 <인당수 사랑가>의 변 사또가 극중 젊은 배역의 주인공보다 공감되는 것은 뮤지컬 대본 작가가 원작자와 달리 사학한 프롤로 주교와 변 사또를 선한 본성을 가진 고뇌하는 인간으로 묘사했기 때문일 것이다.

어쨌거나 주교와 사또는 싫다는 여자를 탐하면 안 되는 것이고, 고아원 원장은 지가 키운 애랑 자려고 하면 안 되는 것이다. 나쁜 놈들!

복잡하게 생각하면 끝이 없는 법. 선한 본성이고, 고뇌이고 나발이고 간에, 뭐 나쁜 놈은 그냥 나쁜 놈인 것이다.

노틀담 드 빠리 OST <Belle-아름답다>中 세남자(페뷔스, 프롤로, 콰지모도)가 함께 부르는 부분이다.

'오, 루시퍼! 단 한 번만이라도 그녀를 만져볼 수 있게 해주오. 에스메랄다.'

'아이고, 어쩌라고! 내가 미친다. 미쳐.'
괜히 보러 왔다. 짜증 난다.

다정이 법정에서 통곡하다

일심 판결 후 넉 달 만에 항소심이 열렸다.

항소는 피고인 측과 검사 측 쌍방 항소였는데, 검사 측 항소이유는 양형부당과 보안처분 관련 신상정보 공개고지 면제 관련이었다.

성범죄의 경우 보안처분이라는 것이 뒤따르는데 성교육 수강명령, 전자팔찌, 거주지를 경찰서에 신고하는 것, 인터넷과 관내 주민에게 성범죄자임을 공개고지하는 것 등이다. 원장님의 경우에는 성교육 수강과 경찰서 보고만 있고, 공개고지 부분은 면제였다.

나는 공개고지 면제 부분은 다행이라고 생각했는데, 만약 5년간 원장님의 머그샷과 범죄 내용이 주민에게 고지가 된다면, 형을 살고 난 이후의 삶이 너무나도 비참하고, 원장님 얼굴 사진이 있는 고지문을 받아야 하는 주민들은 뭔 죄인가 싶은 생각이었다.

항소심 첫 공판 시 박나나 변호사님은 같은 재판부의 다음 재판의 변호인으로도 일정이 잡혀있어서 그쪽 피해 관련자도 함께 있었다. 역시 성범죄 피해자 전담 스타 변호사 다운 스케줄이다.

공판이 시작되자 가운데 앉으신 재판장님이 양측의 항소이유에 대하여 들으시고 간단한 질문 몇 가지를 하셨다.

"그러니까 피해자가 고3이었던 시기에 피고인은 피해자와 단둘이 송이버섯을 받으러 새벽에 갔다가 저녁에 온 것이 맞지요?"

"네, 판사님! 그러니까 새벽에 가서 송이버섯을 받아서 저녁에 왔습니다."

피고인석의 전두홍 원장님이 대답했다.

"아닌데요. 저녁에 갔다가 새벽에 왔는데요."

방청석에 앉아있던 내가 불쑥 말하였다.

"아니! 방청석에서 그렇게 말씀하시면 어떡합니까? 발언권도 없는데, 자꾸 그렇게 관여를 하시니까 피고인 측에서 기획설을 말하는 거 아닙니까?"

재판장님의 화난 불기운이 느껴져서 나는 내가 대형사고를 친 것을 즉시 알 수 있었다.

"판사님, 죄송합니다. 재판이 처음이라 말하면 안 되는지 몰랐습니다. 그런데 새벽에 갔다가 저녁에 온 게 아니고, 저녁에 갔다가 새벽에 온 것이 맞습니다. 그리고 원장님 측이 저한테 자꾸 '기획설, 기획설.'하는데, 저는 무슨 말인지도 하나도 모르겠고요. 관심도 없습니다. 그런데 판사님! 애가 부모가 없잖아요. 고아가 아닙니까? 엄마도 없고, 아빠도 없어서, 고아원에서 자라 가지고, 고아원 원장님한테 이런 일을 당하고, 난리가 나지 않았습니까? 애가 부모가 없는데, 그럼, 저는 어떻게 해야 합니까? 판사님! 저는 도대체 어떻게 하라는 말씀입니까? ......애가 부모가 없는 고아인데."

나는 판사님이 화내신 것이 무섭기도 하고, 갑자기 서럽기도 해서, 마지막에는 소리 내어 엉엉 울었다.

"그래서 저희가 피해자랑 아이들이 '아빠가 이 정도의 스킨십은 하는지? 자기들이 아빠가 없어서 모르는 건지 헷갈렸다.' 등의 진술 등을 꼼꼼히 잘 보고 있습니다."

재판장님께서는 조용하고 온화하게 말씀하셨다.

"죄송합니다. 주의하겠습니다."

다음 재판에서 피고인 측이 가을이를 증인으로 부르기로 하고, 항소심 일차 공판은 끝이 났다.

최석봉 변호사님과 법원을 나와, 다음 재판 변호인으로 출석 중인 박 변호사님을 기다리며 근처 야외의자가 있는 카페에서 커피를 마셨다.

"간호사님! 아까 잘 우셨습니다. 나이스."

최석봉 변호사님이 환하게 웃으면서 말씀하셨다. 최 변호님은 나보다 세 살이 많은데 여전히 소년의 분위기가 살짝 풍긴다.

"아? 그래요? 저는 좀 창피했는데. 그리고 말하면 안 되는지 몰랐습니다."

"형사재판은 검사와 피고인 변호사만 발언권이 있고, 저도 발언권이 없거든요. 실행된 범죄와 비교해서 형량이 높게 나와, 판사님들은 아마 서류를 보면서 좀 의아해하고 있었을 것입니다. 그리고 눈앞에는 범죄로 인하여 한순간에 인생이 추락한 가여운 피고인만 보일 뿐이지요. 그런데 간호사님이 갑자기 나타나서 울면서 호소를 하시니까. '그래 맞다, 피해자가 고아지, 저 사람이 고아원 원장이지.' 하면서 비어있는 피해자를 볼 수 있게 된 것입니다. 원래 형사재판은 국가를 대표해서 검사와 피고인의 싸움이기 때문에 피해자 측이 재판에 참여를 안 하는 경향이 있어요. 하지만 저는 피해자 측이 적극적으로 참여하는 것이 중요하다고 생각합니다. 혹시 연대자D라는 활동가분 아세요?"

"아 네, 성범죄 방청 연대 활동을 트위터 중심으로 하는 분이죠? 그분이 쓰신 <그림자를 이으면 길이 된다>라는 책도 읽어보았습니다."

"네. 예전에는 특히 성범죄 피해자 측은 재판에 참석 안 하는 것이 일종의 관례였다면, 요즘에는 연대를 통하여 여러 명이 방청을 하기도 하고, 피해자가 직접 나와서 재판을 지켜보기도 합니다. 사안에 따라 피해자가 심적으로 힘들 수는 있는데, 피해자가 직접은 아니더라도 피해자 측이 재판에 참여하는 것은 제가 보기에 무척 중요한 사항입니다."

"일종의 '여기 피해자 있다.' 뭐 이런 거네요."

"그렇지요. 성범죄야 사실 박나나 변호사님이 전문 변호로 베테랑이시고 저야 다양한 사건을 변호하지만요."

"여기, 제 명함 많이 가지고 가셔서 혹시 주변에서 싸움 붙으면 말리지 마시고, 제 명함 주시기 바랍니다. 하하하."

"그런데 변호사님, '좋은 원장님이었다. 애들한테 잘 해 주셨다.' 이러한 내용의 탄원서들이 피고인 측에 도움이 되나요? 저도 탄원서 맨 첫 줄이 '원장님은 따뜻하고 좋은 분이었습니다. 그래서 더 무서웠습니다.'로 시작하잖아요."

"글쎄요, 그런 탄원서 도움 별로 안 됩니다. 이건 전형적인 그루밍 성범죄이잖아요. 그게 그루밍 성범죄자의 특성인데. 도움이 되겠습니까? 좋은 원장님이니까 피해자도 따라갔다가 피해를 입은 건데요."

"그럼 피고인 측은 어떻게 대응해야 하는 것인가요?"

"이 사건에서의 핵심은 세 가지예요. 관계 '원장과 퇴소생'이라는 점, 그리고 '추행 유인', 그리고 '피해자 보호'. 즉 법정에서 '전두홍 씨'라고 불러야지 '원장님'이라고 부르면서 변호하면 안 됩니다. 관계를 지우고 변호해야 합니다. 그런데 피고인 측 변호인이 법인 변호사이니 조 변호사가 '원장님' 하면서 변호하는 순간 '맞다. 저 사람이 보육원 원장이지. 법인 이사회 감사 변호사가 변호할 정도면 아직 원장이 권력의 핵심이고, 피해 아이가 조직에서 배척당하고 있구나!'라는 것을 상징적으로 보여주게 되지요. 우리 조 변호사가 왜 이 사건을 수임했는지 모르겠어요. 그냥 조 변호사는 변호사 소개까지만 해주고 본인은 법인 변호사로서 판단하고 중재하면 될 것을, 그렇게 했으면 피고인한테도 큰 도움이 되었을 텐데요. 그리고 핵심혐의가 '추행 유인'이므로 추행을 아무리 부인해 봤자 별로 설득력이 없어요. 맛사지샵 방문과 주말농장 숙소에서 일박한 것이 인정된 상황에서, 날씨가 좋지 않고, 몸이 힘들어서 연두시의 보육원으로 돌아가지 못하고 맛사지샵에서 맛사지 받고, 주말농장 숙소에서 숙박을 하고 돌아온 것은 정상적인 귀가경로이고, 추행은 없었고, 이 모든 것이 이다정 간호사님의 기획이고, 아이가 이상한 아이라는 우리 조 변호사님의 변호는 논리적으로 말이 안 되고, 판사님을 자극하기에 충분한 것이지요. 어쨌거나 피해자의 거부로 피고인이 범죄를 멈추었으므로 그냥 인정할 것은 인정하고, 반성할 것은 반성하고, 보육원과 법인은 피해자를 케어하는 시늉이라도 했어야 합니다."

"게다가 피해자는 부모가 없고, 퇴소한 이후에도 장학금 등 보육원의 도움을 받고 있고, 실제 퇴소아동 관리 대상이잖아요. 상식적으로 무고할 이유가 전혀 없습니다."

"네."

"그렇게 대응을 하니까 결과는 실형 1년 6월이라는 중형 선고를 받게 된 것이고요. 간호사님네 전두홍 원장은 제가 보기에 물리적 폭력을 이용해서 성범죄를 저지르는 유형이라기보다는, 살살 꼬시면서 기회를 보는 천하의 바람둥이 잡놈 유형인데, 보통의 남녀관계에서는 성적 자기결정권이 있으므로, 도덕적인 것과는 별개로 크게 법적인 문제가 없을 수 있겠지만, 이것이 권력을 이용하면 권력형 성범죄가 되는 것이고, 이처럼 보호 대상을 타깃으로 하면 큰 범죄가 되는 것 이에요."

"그런데 변호사님! 검사 측의 항소이유는 양형부당과 고지 면제 부 당이었고, 피고인 측 항소이유는 양형부당과 법리오해, 사실오인 등 모든 것이 오해이고 억울하다는 것인데요. 도대체 뭐가 그렇게 억울 하다는 거예요?"

"하하하, 본인 입장에서야 억울하겠지요. 마가렛 에트우드의 <증언 들> 대사처럼 **빼앗은** 것보다 많이 주었고, **빼앗을** 것보다 많이 주려 고 하였으니, 그리고 결론적으로 피해자의 거부로 강간 혹은 간음이 이루어지지 않았고, 자신은 대게다 맛사지다 돈만 쓰고 욕먹고, 원장 자리에서 쫓겨났잖아요. 본인 입장에서는 억울한 거예요. 즉, 돈만 쓰 고 안 잤는데 곤경에 처했으니까요. 참 어리석지요? 원래 성범죄자는 어리석고 질이 낮습니다."

"아 네. 그렇군요. 그런데 원장님께서 계속 인정을 안 하고 부인하 시잖아요? 그럼 어떻게 되나요? 뭔가 계속 께름직해서요."

"간호사님! 인정 안 하면, 인정 당하는 겁니다. 걱정하지 마세요. 인정하거나, 인정 당하거나 둘 중에 하나니까요. 하하하."

"'인정 당하다? 인정 당하다!' 음, 그렇군요. 최석봉 변호사님, 오늘 와주셔서 감사합니다. 원래 박나나 변호사님이 항소심은 간단해서 변 호사 선임 없이 간다고 하셨는데, 제가 혼자서 가기 싫다고 우겨서 항소심에 같이 오게 된 것이거든요. 변호사님들 안 계셨으면, 저 울 고불고하고, 아마 기절해서 죽었을지도 몰라요. 아이구야, 생각만 해도 끔찍합니다. 어, 저기 박나나 변호사님 오시네요."

"아까 정말로 기가 막힌 타이밍에 잘 우셨어요."

"하하하, 판사님이 저 좀 불쌍하게 보시더라고요. 저는 엄청 창피했는데, 울어서 칭찬받기는 처음입니다. 감사합니다."

박나나 변호사님이 오시고, 우리는 근처 중국집에서 짬뽕과 탕수육으로 저녁을 먹고 헤어졌다.

항소심 2차 공판이 시작되었는데 가을이는 증인으로 출석하지 않았다.

"저기 이다정 간호사님, 여쭤볼 게 있는데요. 이번 증인 가을이는 왜 오늘 불출석하나요?"

웬일로 항상 이상한 여자 쳐다보듯이 하던 우리 조 변호사님이 부드러운 목소리로 물었다.

"아 예, 요즘이 시험기간이라 출석을 못했습니다."

"네."

오늘 우리 조 변호사님이 유난히 힘들어 보인다.

재판이 시작되자 재판장님이 갑자기 나에게 질문을 하셨다.

"그런데 가을이는 오늘 못 나온다고 했다는데, 불출석 사유가 어떻게 됩니까?"

"예, 판사님! 사실 아이가 출석 안 했으면 해서 고민이 많았는데, 다행히도 지금이 고3 기말고사 기간이라서요. 사전에 재판부에 전화했더니 알겠다고 하셔서 오늘은 못 나왔고요. 서류 여쭤보니까 필요 없다고 하셔서요."

"……그런데 피해자에 유리한 증인인데 왜 안 나왔으면 하고 생각하는 겁니까?"

재판장님이 눈을 반짝이시며 물으셨다.

"그러니까 판사님! 애가 어리지 않습니까? 판사님이야 그렇지 않으시겠지만, 사실 저도 재판이 처음이고 법원에 나오는 게 부담스럽고, 떨리는 일인데, 애 입장에서는 부모가 없어서 고아원에서 살다가, 어쨌거나 잠깐이지만 자기 키워주신 분인데, 나와서 좋은 이야기 할 것도 아니고, 저는 재판 유불리를 떠나서 애는 안 나왔으면 좋겠습니다."

"하지만 제가 이야기했습니다. '가을아, 이번에는 네가 시험기간이라서 안 나올 수 있지만, 다음번에 판사님이 또 부르시면, 너는 나와야 한다. 왜냐하면 그게 법이거든.' 다음번에 판사님께서 가을이를 부르시면 가을이는 나올 겁니다. 정확하지는 않습니다만."

재판장님이 일 분간 침묵하시면서 피고인 측을 바라보시더니 차분하게 말씀하셨다.

"그래도 피고인이 억울하다고 하고, 부르겠다고 하니까 다음 공판에 증인이 참석하는 것으로 하겠습니다."

다음 3차 공판에서 가을이와 더불어 보육원 서종호 부장을 추가로 증인 소환하기로 하고, 짧은 2차 공판은 끝났다.

오늘은 크리스마스이브이다.

'그래도 내일이 크리스마스인데 인사 정도는 해야지.'

나는 출근길 운전 중 신호가 걸린 사이 익숙하지 않은 번호에 전화를 걸었다.

"네, 조영규입니다."

"안녕하세요? 저는 동현보육원 이다정 간호사입니다. 통화 가능하세요?"

"아. ……네 ……가능합니다."

"다른 건 아니고요. 지난번 재판에서 변호사님이 너무 힘들어 보이시고, 그래서 오늘이 크리스마스이브이고 그러니까 그냥 전화 드린 겁니다. 제가 좀 대책이 없는 사람이라서요. 조영규 변호사님! 메리 크리스마스입니다."

"아, 네. 이다정 간호사님도 메리 크리스마스입니다."

"아, 그리고요. 뭔가 오해를 하고 계신 거 같은데요. 제가요. 엄청 예쁘고 엄청 착해요. 모르시는 것 같아서요. 그러니까 오해 푸시구요."

"아, 네."

"우리가 어쩌다가 이렇게 되었을까요. 아이고, 저도 죽겠습니다. 아니 그런데 도대체 조 변호사님은 무슨 생각을 하시고, 아니지. 음. 오늘은 그냥 메리 크리스마스만 말할래요. 우리 조 변호사님 메리 크리스마스입니다."

"네, 메리 크리스마스입니다."

"그리고 오늘 제 전화가 변호사님께 드리는 크리스마스 선물입니다. 안녕히 계세요."

"아 네, 제가 조만간 연락드리겠습니다."

"네, 그리고 친절하게 전화 받아주셔서 감사합니다. 사실, 전화를 전에부터 드리고 싶었는데…… 용기가 필요했거든요."

"전화 주셔서 감사합니다."

나는 사건과 재판 관련 나의 시각과 평소 존경하는 조영규 변호사님께 정확한 판단과 법인 변호사로서 피해 아이 입장을 고려한 의견을 청하는 내용의 메일을 보냈다.

우리 조 변호사님은 기절하시고, 우리 측 변호사님들은 나의 행동에 쓰러지셨다. 원래 상대방 변호사한테 전화하면 안 된다고 하는데, 나는 그런 건 모르겠고, 내가 우리 법인 변호사님한테 전화를 왜 못 하나? 사람들은 너무 복잡하게 사는 듯하다.

해가 바뀌고 법원의 인사로 인하여 1월의 3차 공판이 3월로 변경되었다.

보육원에 법인 정기감사가 2월 14일에 있었다.

아니, 우리 조 변호사님은 왜 하필 발렌타인데이에 보육원에 오셔서 사람을 곤란하게 하는지 모르겠다.

'이거 초콜렛을 드려야 하나 말아야 하나. 그래도 발렌타인데이인데 초콜렛도 없이 손 부끄럽게 그냥 가시게 할 수도 없고······'

일단 감사가 진행되는 공간의 다과코너에 기라델리 씨솔트 초코렛과 카라멜 밀크초코렛 등을 한가득 세팅해 두었다.

법인 감사와 내 업무가 특별한 접점이 없어서 대면할 일은 없었지만, 점심시간에 보육원 마당에서 우연히 마주치게 되었다.

"어? 조영규 변호사님! 안녕하세요?"

"네, 이다정 간호사님, 안녕하세요?"

우리 조 변호사님은 나를 부를 때 간호사 혹은 이 간호사라고 부르지 않고 꼭 이다정 간호사라고 이름을 다 불러줘서 기분이 좋다.

"바쁘신 중에 보육원 감사까지 하시고 고생이 많으세요."

"아 네, 제 일인걸요. 그러니까 저......"

우리 조 변호사님이 뭔가 머뭇거리시기에 내가 먼저 말을 시작하였다.

"변호사님! 그러니까 제가 엄청 싸가지 없고, 제멋대로의 인간이라는 거. 저도 잘 알고 있거든요. 그게 저의 단점이자 장점인 거 같아요. 어휴. 변호사님이 이해하세요. 저도 제가 이렇게까지 황당한 인간인지 몰랐습니다. 저도 당황스럽답니다. 그건 그렇고, 그거 알고 계세요? 우리 조 변호사님이 법인 변호사로서 판단하고 중재, 그거 안 하셔서, 제가 이 고생하고 있는 거, 알고는 계신 거죠?"

내가 삐쭉거리며 투정하듯이 말했다.

"네, 잘 알고 있습니다. 그런데 말입니다. 저는 원장님의 법률대리인에 불과합니다. 의뢰인의 의견에 반대되는 행위는 할 수 없습니다. 그리고 제가 원장님을 아주 오래 겪어봐서 아는데 정말 좋은 분이세요. 그럴 일을 하실 분이 절대로 아닙니다."

'우리 조 변호사님은 여전히 제자리시구나!!'

"변호사님! 제가 원장님이 그런 일을 할 분이라는 주장을 하는 것이 아니잖아요. 저도 그럴 분이 아닌 분이라는 거 알고 있어요. 그런데 애들이 그럴 분이 아닌 분이, 그런 일을 했다고 하잖아요. 저는 그 말을 하고 있는 겁니다. 그리고 변호사님, 편견이라는 것이 말입니다. 오랜 시간을 알고 지내면 없어진다고 생각하세요? 타인을, 그러니까 내가 아닌 타인을, 오랜 시간을 함께 지내면 알 수 있다고 생각하시냐구요?"

"처음에 본 모습이 편견인지, 타인과 오랜 시간 알고 지낸 후의 모습이 편견인지, 무엇이 진짜 타인의 모습인지 자신할 수 있으신가요?

변호사님! 히틀러도 만나 본 사람들은 다 좋은 사람이라고, 신뢰할 수 있는 사람이라고 생각했고, 만나 보지 않은 사람들은 전쟁광이고 위험한 인물이라고 생각했다잖아요. 아니, 아니지 변호사님, 여기서 히틀러가 왜 나와요? 하여간에요."

"변호사님께서 전두홍 원장님을 어떻게 생각하시는지 알고 있습니다. 신뢰하고 계신 거 잘 알고 있다고요. 그런데 이게 뭐냐고요. 변호사님이 원장님을 신뢰하고, 무죄를 확신하시는 게, 변호사님이 원장님 변호하는데 이 상황에서 무슨 도움이 되느냐고요. 도대체 왜 판단하고 중재하지 않으십니까? 그리고 제가 원장님을 감옥에 보내서 무슨 이득이 있다고......"

나는 커지는 심장소리로 인하여 점점 한계치를 향하는 것을 느낄 수 있었다.

"그렇지만 간호사님! 상호 간의 오해와 인식의 차이 정도로, 그러니까 좋은 의도로 영덕이랑 상주에 갔다가 그러니까 아무 일도 없었을 수 있는 거잖아요. 우리가 본 것도 아니고요."

나는 조 변호사님 말을 듣고 폭발해서 소리를 질렀다.

"그런데 코스에 맛사지가 왜 들어갑니까, 변호사님?"

"저도 애랑 맛사지 간 거 가지고는, '미친 거 아니냐!'고 막 뭐라고 했습니다."

우리 조 변호사님이 자기도 같이 흥분한 듯 말하였다.

"그런데도 아무 일 없었고, 애들이 헛소리하는 것이다? ......음, 죄송합니다. 그럼, 저 가보겠습니다. 안녕히 가세요."

나는 딱하다는 표정으로 차갑게 말하고, 뒤돌아서 보건실을 향해 걸어갔다.

'우리 조 변호사님이 원장님이랑 사귀시나?'

두 분이 도대체 무슨 관계인지 알 수가 없다. 아니지, 나도 화가 나니 제정신이 아니고, 발렌타인데이라 이상한 생각을 한다.

혹시 몰라서 개별 포장해 준비한 초콜릿은 내가 다 먹어버렸다. 그런데 원통하게도 감사 공간에 비치해 둔 초콜릿은 빼 올 수가 없었다. 발렌타인데이에 감사를 오는 것은 정말이지 사람을 너무 곤란하게 한다.

그 사이에 가을이는 고등학교를 졸업하고, 서울에 있는 대학에 합격하여 보육원 퇴소와 동시에 서울로 이사 가기로 했다.

'변호사님, 드릴 말씀이 있어서 문자드립니다. 다음 재판 증인인 가을이가 서울에 있는 대학에 붙어서 서울로 이사 갑니다.

재판부에 문의하였더니 증인 여비 나오게 서울로 주소 이전 후 주민등록초본이랑 학교 재학 증명서, 상황 서술 제출하면 증인 여비 신청해 주신다고 하여, 이사 후에 여비 신청 절차 밟을 예정입니다. 그런데 제 생각에는 원장님께 불리한 증인은 안 부르시는 게 좋을 듯합니다.

불출석 원하시면 말씀하세요. 어차피 수업도 있고 임박해서 불출석 사유서 쓰고 다음에 안 부르시면 가능하지 않을까 생각합니다. 그러나 혹시 의문점이 있으셔서 증인에게 묻고 싶은 것이 있으시면, 아이의 이사 전 제가 자리를 마련해 보겠습니다. 어제 제가 수정이랑 가을이랑 셋이 밥 먹으면서, 원장님 측이 오해가 풀렸으면 굳이 법정에

나가서 원장님께 불리한 증언은 안 했으면 좋겠다고 말은 해 두었습니다.'

나는 우리 조 변호사님께 위 내용의 문자를 보냈으나 결국에 가을이는 법정에서 증언을 하게 되었다.

문자 관련하여 박나나 변호사님은 '문자 보내고 연락하다가, 이상하게 꼬투리 잡혀서 큰일 난다. 둘이 뭐 하는 거냐? 막장드라마 찍냐? 연애하냐?'는 등 불같이 화를 내시며, 나한테 연락 및 문자 금지령을 내리셨다.

그런데 생각해 보면 재판에 손해가 될까 봐 연락을 금지하신 것이 아니고, 내가 너무 우리 조 변호사님을 좋아하는 게 걱정이 되고, 약간의 질투도 하셔서 금지하신 듯하기도 하다. 나는 선배님이 사랑하시는 귀엽고 깜찍한 후배니까.

그리고 며칠 후 박 변호사님은 연락 금지명령을 준수하는지 여부를 확인까지 하셨는데 내가 다음과 같이 말했다.

"제가요. 제 맘대로 하고 그러지만요. 저를 위하는 합리적인 충고라고 생각하면 그 조언에 꼭 따릅니다. 그래서 이제까지 제멋대로 살았지만 큰 사고 없이 살 수 있었던 것 같습니다. 제가 처음부터 이 사건에 대하여 정확하게 알고 있는 것은 단 하나였습니다. '나는 법적인 것은 전혀 모른다.' 즉 '모른다.'는 것을 정확하게 알고 있었거든요. 선배님이 이 분야의 전문가이시고, 선배님 말씀이 맞는 거 잘 알고 있고요. 당연히 따릅니다. 제가 조 변호사님께 연락하는 일 절대 없습니다. 선배님이 '하지 마라'하시는 건 절대로 안 하니까 걱정하지 마세요."

재판 날짜는 다가오지, 애는 증인 서라고 하지, 머리가 깨질 듯하다.

왜 우리 조 변호사님은 변호를 이상하게 하셔서, 나랑 애는 스트레스로 힘들게 하면서, 원장님 멱살을 잡고 감옥으로 끌고 가시는지, 도통 모르겠다.

죄질이 나빠서 중형을 받으면, 그 판례가 취약한 현실에 놓여있는 미성년 아이들과 막 성인이 된 아이들을 그루밍 성범죄로부터 보호하는 데는 큰 도움이 되겠지만, 현실적으로 전 원장에 대한 중형은 '동현보육원 전 원장이 성범죄 저질러서 감옥 갔다.'라는 말로 보육원에 대한 사실상의 중형인 면이 없지 않아 부담이 존재함은 부인할 수 없는 것이 현실이다.

더 이상 뺄 살도 없는데 스트레스와 화를 주체할 수 없어서 달리기를 시작했다.

달리기 앱의 연습 프로그램은 30분 동안 쉬지 않고 달릴 수 있는 몸을 만들어 준다고 했는데, 정말이지 프로그램을 마치자 거짓말처럼 30분씩 달릴 수 있게 되었다.

일주일에 5번 매일 30분씩 4킬로미터 정도를 달리는데 이제는 이틀 이상 달리기를 쉬면 몸이 뻐근할 지경이다.

그렇게 말씀하시면 제가 섭섭하지요

혜수와 치과에 방문하였다가 치과 실장님께 지석 군 결혼 청첩장을 받았다.

지석 군의 누나가 연두지방법원 판사여서, 법원 출입 시 우연히 만났을 때 지석 군의 결혼 소식을 전해주어 알고는 있었지만, 청첩장을 받으니 옛날 기억도 나고, 기쁘면서도 묘한 기분이었다.

아주 오래전 보육원 바자회를 몇 주 앞둔 어느 날 치과에 성우를 데리고 갔다. 방임을 포함한 학대로 입소하는 아이들을 당연히 치아 관리가 되지 않아 어마어마하게 충치를 가지고 있는 경우가 많고, 아이들끼리 싸우거나 해서 치아가 부러지거나 심한 충치 등의 이유로 임플란트를 해야 하는 상황까지 정말로 다양하게 치과적 문제가 생기는데, 석 원장님은 우리 보육원 아이들의 치아를 몇십 년간 무료로 담당해 주고 계셨다.

아이의 치료 후 석 원장님께서 나를 부르시더니

"보육원에서 다음 달 세 번째 토요일에 바자회 열지 않아요?"라며 물어보셨다.

"아 예, 맞아요. 다음 달에 바자회합니다. 원장님."

"그런데 왜 바자회 티켓 사달라고 안 하세요?"

"아 네, 그런데 오늘 온 성우는 언제 또 치료받으러 와야 하나요?"

"아니, 말 돌리지 마시고요. 왜 저한테 티켓 안 파시냐고요?"

"......아니, 애들 치료도 무료로 해 주시는데 죄송해서요."

"그래도 보육원에서 행사를 하는 건데, 제가 가야지요. 그렇게 말씀하시면 제가 섭섭합니다. 바자회 티켓 내일 가지고 오세요."

"아, 네."

다음날 석 원장님은 내가 가지고 간 바자회 티켓을 사주셨다.

'그렇게 말씀하시면 제가 섭섭하지요.'

이 말은 내가 뭔가를 해주고 싶을 때 상대방이 거절하지 못하게 하는 마법의 말이 되었다. 예를 들어 지인의 아버지가 돌아가셨는데 나에게 연락을 못하고, 장례가 끝난 한참 후에 알게 되어, 지인이 자기가 경황이 없어서 연락 못 한 거라고 오히려 미안하다며, 조의금을 안 받으려 했을 때

"아버지님께서 돌아가셨는데 늦게라도 조의금 안 받겠다고 하시면 그래도 우리가 지내온 세월이 있는데 그렇게 말씀하시면 제가 섭섭하지요. 어머님 맛있는 거라도 사드리세요."라고 말하기도 하고, 여러 상황에서 거절을 못 하게 하는 마법의 말이다.

석 원장님께서 나에게 주신 최고의 선물이며, 일 년에 몇 번은 아주 유용하게 사용하고 있다.

한 번은 아이들이 싸워서 초등학생의 앞니가 부러진 적이 있었는데 부러진 아이의 치료가 끝난 후 비용을 가해자 아이의 용돈을 모은 통장에서 지불하겠다고 말씀드리니 어마어마하게 화를 내시며

"아니, 이다정 간호사는 피도 눈물도 없어요? 제가 해주겠다는데 애들 용돈이 얼마나 된다고 도대체 왜 그러세요? 말도 안 되는 말씀 마시고, 그냥 제가 하는 것으로 할게요. 이 부러트린 애나 내일 데려

오세요. 제가 혼내줄게요."

"그래도……"

내가 말을 꺼내자마자 원장님의 불같이 화난 눈빛이 보여서

"아 예, 알겠습니다. 내일 그 말썽꾸러기 데리고 오겠습니다."라고 말하고, 치료가 끝난 아이 손을 잡고, 뒤도 안 보고, 얼른 도망 온 적도 있다.

석 원장님의 아들인 석지석 군이 군대에 갔을 때에는 내가 위문편지도 쓰고, 책이랑 간식도 잔뜩 사서 보냈는데 현재는 정년퇴직하신 당시 보육원 원장님께 돈을 보태 달라고 말씀드리며

"제가 혼자 편지랑 위문품 보내면 사모님께서 예쁜 유부녀가 아드님 좋아하는 줄 알고 신경 쓰시니까 보육원 명의로 보내야 합니다. 저도 그런 오해는 받기 싫거든요. 그러니까 돈 조금만 주세요." 하면서 보육원 이름으로 위문품을 보내기도 했다. 아드님은 대학 졸업 후 가업을 잇겠다며 치의학전문대학원에 진학하였고, 석 원장님은 무척 기뻐하셨다.

그러던 어느 연말 치과에 잠깐 들리라는 연락을 받았다.

'석 원장님이 왜 찾으시지? 후원금 주시려나?'

그런 생각을 하고 치과에 갔다. 의료후원 외에 가끔 한 해를 마감하시기 전에 후원금을 주신 적이 종종 있었기 때문에 그렇게 생각한 것이다.

그런데 이런저런 이야기를 하시면서, 내년에는 후원도 많이 하고, 더 챙겨야겠다고 하시고는, 갑자기 아들 여자 친구 자랑을 하시더니,

지석 군이 여자 친구가 생겼는데 둘이 너무 잘 어울리고 둘이 결혼했으면 좋겠다고 하셨다.

'원장님은 아니 지석이가 몇 살인데 처음 여자 친구 사귄 거 말씀하시면서, 벌써 결혼 말씀을 하시나?'

그날 나는 석 원장님의 옛날이야기와 이런저런 말씀을 듣다가 보육원으로 돌아왔다.

'참 이상하다. 후원금을 주시려고 부르신 것도 아니고, 원장님이 나 보고 싶으셔서 부르셨나?'

그리고 얼마 후 석 원장님은 큰 수술을 받으셨는데, 몇 달을 버티시고 돌아가셨다.

투병 중 의식 없이 호스피스 병동에서 잠시 계실 때 가족분들이

'그래도 간호사님은 원장님 가시기 전에 뵈어야 할 거 같아요.'라고 말씀하셔서 문병을 갔었다. 그렇게 원장님이 돌아가시고 병원은 원장님 후배분이 인수를 받아 운영하시면서 보육원 의료후원은 계속해 주고 계시다.

몇 년이 흘러 석 원장님의 아드님은 졸업을 하여 치과의사가 되었고, 결혼식을 하게 되어, 항소심 재판 중에 청첩장을 받게 된 것이다.

나는 퇴소생 균호에게 전화를 했다.

"균호야, 나 간호산데 안녕? 잘 지내지? 나 부탁이 있는데."

"네? 선생님 무슨 일이세요?"

"아니, 다른 게 아니고, 너 예전에 대학 때 다리 다쳐서 수술했을 때 수술비 치과 원장님이 대주셨잖아. 전에 돌아가신 석 원장님. 그분 아드님이 다음 달 25일에 결혼하는데 너가 '동현보육원 퇴소생 김

균호'로 화환 좀 보내 줬으면 좋겠다."

"아, 벌써 돌아가신 지가 몇 년이 되었네요. 잠시만요. 저도 결혼식 날 시간 되니까 같이 가요. 선생님 돈은 먼저 보내 드릴 테니까 화환은 좋은 걸로 준비해 주시면 감사하겠어요."

"응, 그러자. 그리고 균호야! 내가 알려줘서 고맙지?"

"그럼요. 선생님, 저야 연락 주셔서 감사하지요. 석 원장님께 감사한 마음을 조금이라도 표현할 수 있어서 저도 너무 좋아요."

"그치? 균호야, 네가 고맙다고 할 줄 알았어."

나는 단골 꽃집에 고급스러운 화환을 직접 만들어 달라고 미리 주문하고, 결혼식 당일에 균호와 예식장에 갔다.

신랑 측 혼주인 사모님과 반갑게 인사를 하고, 신부 측 혼주께 가서 내 소개를 했다.

"안녕하세요? 신랑 측 아버지인 석 원장님이 30년간 후원해 주시던 동현보육원의 이다정 간호사입니다. 원장님이 계셨으면 엄청 좋아하셨을 텐데 너무 아쉽습니다."

"훌륭한 분이시라는 말씀 많이 들었습니다."

신부 측 아버지가 반갑게 말씀하셨다.

"살아계실 때 지석 군 여자 친구가 너무너무 예쁘고, 지석 군이랑 너무 잘 어울리고, 원장님 맘에 들고, 좋다고 둘이 꼭 결혼했으면 좋겠다고, 저한테 얼마나 자랑을 하시던지. 저는 그 당시에 아니 무슨 만난 지 얼마 되었다고 연애하는 걸 가지고 결혼을 했으면 좋겠다고 하시고, 무슨 아들 여자 친구 자랑을 저렇게까지 하시나 생각했는데 아마도 오늘 저한테 이 말을 전하라고 그렇게 하신 거 같습니다."

"아 예, 오늘 와주셔서 감사합니다."

"네, 따님이 너무 예쁘시네요. 결혼 축하드리고 석 원장님께서 살아계셨으면 오늘 정말 좋아하셨을 거예요. 오늘 이 말씀 꼭 전해드리고 싶었습니다. 그리고 같이 온 우리 아들은 한국대를 졸업해서, 디자이너로 일하고 있는 우리 동현보육원 퇴소한 아이인데 대학 때 다리를 다쳤을 때 원장님이 수술비를 대주셔서 걱정 없이 잘 치료를 받을 수 있었거든요. 석 원장님 정말 훌륭하고 좋은 분이셨습니다. 그리고 결혼 다시 한번 축하드립니다."

결혼식 피로연의 밥은 유난히 맛있었다. 균호와 헤어지고 집에 와서 나는 조금 울었다.

아마도 나의 상황이 울고 싶었는데, 석 원장님에 대한 감사와 그리운 마음이 겹쳐서 좋기도 하지만 슬프기도 했었나 보다.

다정이 간호사 간병을 받다

재판은 계속 진행 중이고 힘은 든다.

매일같이 머리가 깨질 듯 아파 대학병원에서 뇌관련 각종 검사를 했는데 정상으로 나왔지만 두통은 여전하다. 그 와중에 심한 지적장애로 장애인 기숙학교에서 생활 중인 도일이가 급성 충수염으로 인하여 수술 및 입원이 필요한 상황이 되었다. 아이는 지적장애에 폭력성향이 있는데, 나와는 아기 때부터 보았던 사이라 내 말은 잘 들었다. 마땅히 간병할 사람도 없고, 대소변 못 가리는 문제가 있는 아동이라, 그냥 내가 간병을 하기로 했다.

약간 마른 체격의 도일이가 침대에서 환하게 웃으며 나를 맞이했다.

"어! 간호사 이모다. 간호사 이모! 보고 싶었어요."

"응, 나도 도일이 보고 싶었어!"

"간호사 이모! 사랑해요."

"응, 나도 도일이 사랑해."

"간호사 이모! 예뻐요."

"응, 도일아, 고마워."

"간호사 이모가 저 어릴 때 간호사 이모 집에 데려가셨죠?"

"응, 그랬지. 그때 엄청 작고 귀여워서 내가 도일이를 주머니에 넣고 다녔었는데."

"정말요?"

"그럼, 우리 도일이가 얼마나 작고 귀여웠는데."

119

"간호사 이모, 저 때문에 고생하셔서 미안해요."

"아니야, 도일아, 괜찮아."

입원해 있던 일주일간 위의 이야기를 하루에 30번 이상씩 했다.

특히 '간호사 이모! 보고 싶었어요.', '간호사 이모! 사랑해요.', '간호사 이모! 예뻐요.'는 하루에 백번 이상 들은 것 같다.

도일이가 회복되어, 다시 기숙학교로 가고 나도 보육원으로 복귀하였다.

당시 나는 재판문제로 엄청 지치고, 정신적으로 힘든 상태에서 도일이 간병을 간 것이었는데, 외출금지 상태로 병원에서 먹고, 자고 하면서 도일이와 위의 대화를 무한반복 하면서, 결론적으로는 오히려 나의 정신적 상태가 많이 좋아지고, 심하던 두통도 호전되고, 건강해졌다. 그때는 몰랐는데, 지나고 생각해 보니 내가 도일이를 간병한 것이 아니라, 내가 힘드니까 도일이가 일주일 동안 나를 간병해 준 것이었다. 그리고 내가 있어야 할 곳이 사실상 법정이 아닌 아픈 아이들의 곁이고, 아이들이 나를 사랑해 준다는 것을 진심으로 느낄 수 있던, 값지고, 힘든 시간을 버틸 수 있게 해 준 소중한 경험이었다.

'도일아! 아픈 나를 마음으로 간병해 주어서 정말 고마워!'

이렇게 도일이의 간병으로 나는 기운을 차릴 수 있었고, 곧 항소심 3차 공판이 시작되었다.

노란 약속

3차 공판증인으로는 가을이와 보육원의 서종호 부장이 나왔는데 나의 직속상관이자 자립전담요원인 서종호 부장은 도대체 피고인 측이 왜 불렀는지 모르겠다.

서종호의 증언은 다음과 같았다.
"원장님은 좋은 원장님이셨습니다. 직원들과 아이들에게 잘 해주셨습니다."
"큰 아이들에게 들어서 사건 추행관련 인지 후 통화를 한번 한 적이 있습니다."
"사건 관련 인지 후 피해자와 직접 통화는 하지 않았고, 피해자가 생활하는 기숙사 관리자와 아이가 잘 지내는지 근황에 관하여 통화했습니다."

서종호는 사건 초반부터 원장님을 비호하는 행동을 두드러지게 하고 있었다. 그러한 행동들이 피고인의 재판에 도움이 되지 않는다는 것을 알고 있었기 때문에, 나는 그의 행동을 애써 모르는 척했을 뿐이었다.
서종호의 증언으로 보육원 담당자는 피해자 케어를 하지 않았다는 강한 인상을 남겼고, 심지어 판사님 한 분은 관련하여 역정을 내기까지 하셨다. 그리고 다음으로 가을이가 증언하게 되었다.

사전에 나는 가을이에게 다음과 같이 당부했다.

"가을아, 원장님 측 변호사님이 우리 법인 변호사님인데, 엄청 착하고 좋은 분이야. 원래는 우리 측 변호를 맡아야 하는데, 원장님과 친하다 보니까 어쩌다가 원장님 변호를 맡게 되어서, 지금 상황이 묘하게 되었지만, 원래 나쁜 사람 변호 자체를 하지 않는 분이란다. 그렇지만 직업이 변호사이고, 원래 사람은 변호 받을 권리가 있으니까 혹시 기분 나쁜 질문을 하더라도 그냥 직업이려니, 현재 변호사님 역할이려니 하고 이해해 드려. 그리고 기억을 최대한 살리되, 모르는 것은 모른다고 이야기하면 되고, 화내지 말고, 욕하지 말고 알았지? 우리가 비록 보육원에서 살지만, 우리는 마지막까지 품격을 지켰으면 좋겠다. 사람친구, 파이팅!"

"알겠어, 사자친구."

노란색 원피스를 입고 온 가을이가 긴장된 목소리로 말했다.

노란색, 세월호의 색이다.

내가 사건을 인지하고, 피해 아이가 고소하기 전, 사건 해결을 위하여 여러 곳에 상담을 받던 시기, 나는 심한 독감에 걸렸었다. 고열이 나고 심한 기침, 가래와 인후통에 시달렸는데, 다른 증상보다 열이 나면서 정신이 약간 멍해지고, 사물과 내 앞에 불이 아른거리는 것 같은 느낌이 들기도 하고, 집중해서 뭔가를 하지 못해서, 잠을 자거나, 많은 시간을 침대에 누워서 보냈다.

그 당시 자주 꾸던 꿈이 있는데, 꿈속에서 나는 보육원 아이들과 노란 바다에서 흰색의 세월호에 타고 있었고, 배는 기울어져 있었다.

구명조끼를 입고 가만히 있으라는 선내 방송 아래서 나는 아이들에게 움직이지 말고, 기다리라고 말했다. 움직이는 아이들에게는 '가만히 좀 있어! 구명조끼 입었으니 가만히 있으면 다 구해줄 거야.'라고 말하며, 소리 지르듯이 짜증 섞인 목소리로 기다리라고 말했다. 아이들은 구명조끼를 입고, 함께 구조를 기다리고 있었다. 이내 아래층 선실로 바닷물이 들어오고, 나는 아이들이 차가운 바닷물에서 숨을 쉬지 못하며 죽어 가는 것을 지켜보면서, 나 자신도 바닷물 속에서 죽어 가다가 땀을 흘리며 잠에서 깨곤 했다.

꿈속에 아이들은 보육원의 내가 키웠던 아이들, 내가 키우고 있는 아이들의 얼굴이었다. 모두 노란 옷을 입고, 노란 구명조끼를 입고 있었다. 그리고 죽음을 앞둔 상황에서 아이들은 무서워했지만 그러나 나를 위로하려고 했다.

"선생님! 우리는 구조될 거예요. 괜찮을 거예요." 심지어 "선생님은 좋은 분이에요.", "선생님 사랑해요."라고 말하는 아이도 있었다. 그러나 그 눈에는 나에 대한 원망과 죽음에 대한 두려움이 바다처럼 차갑고 깊었다.

꿈속에서 나는 무서웠고, 두려웠고, 미안했다. 꿈에서 깨면 땀에 흠뻑 젖어 있었는데, 당시는 고소 전이라 꿈보다 현실이 몇 배로 더 무섭고 두려웠다. 나는 내가 아이들을 지키지 못할까 봐, 현실이 어둡고 차가운 바다보다도 무섭고, 두렵고, 깊고, 추웠다.

몇 년 전 세월호가 침몰했을 때, 나는 세월호 아이들과 약속한 바가 있다.

'애들아! 너희들을 구하지 못해서 너무 미안하다. 하지만 내가 동현 보육원에 있는 동안 아이들이 위험에 빠지면, 동현 아이들을 모두 구하고, 나도 꼭 살아남을게. 약속해.'

'나는 지금 그 약속을 지키려는 중이다. 약속을 지킬 수 있을까?'

'아이들을 지킬 수 있을까?'

'나는 살아남을 수 있을까?'

'판결이 나오고 다시 세월호 꿈을 꾸면, 나는 꿈속에서 모두를 구할 수 있을까?'

이런 생각을 하던 중에 원장님과 증인의 관계가 고려되어 원장님은 오디오 시설이 되어있는 옆방으로 나가 계셨고, 가을이의 증인 선서 후 심문이 시작되었다.

"저는 날짜나 우리가 그날 치킨을 먹었는지, 안 먹었는지, 그런 건 기억이 전혀 나지 않고요. 그냥 수정언니가 주말농장 다녀와서 저한테 울먹이면서 이야기했던 거랑, 언니가 그 사건 때문에 힘들어했던 건 확실하게 기억합니다."

"언니가 방에서 자는데, 원장님이 들어와서 언니를 안았다고 하던데요?"

"그런 거 아니지 않나요?"

우리 조 변호사님이 당황해서 질문했다.

"아무튼, 저는 언니한테 원장님이 밤에 들어와서 안았다고 들었습니다. 그리고 원장님한테 '저 성인인데 이러시면 안 됩니다.'라고 하며 나가라고 말했는데, 안 나가시니까 언니가 벽에 딱 붙어서 꽤 오랫동안 벌벌 떨고 있었대요. 엄청 무서웠다고 거의 울먹이며 말했습니다."

"그리고 숙소에서 '씻어라! 씻어라!' 했대요."

"맛사지 가게에서 맛사지사가 갑자기 언니 윗옷을 탈의해서 당황하고, 언니가 무척이나 놀랐다고 들었습니다. 뭐라더라 수치스러웠다고 했습니다."

"그런 거 아니지 않나요?"

"저는 본 건 아니니까요, 하여간 같은 방에서 맛사지 받았다고 분명히 들었습니다. 그런데 법인 변호사님! 그, 언니가 말했다는 '저 성인인데 이러시면 안 됩니다'라는 말에서 '저 성인인데'라는 말은 왜한 거래요? 그게 뭐 말이에요?"

"글쎄요. 저도 모르지요. 저도 본 게 아니니까 잘 모릅니다. ......그런데 왜 3주나 지나서 선생님께 말씀드리게 된 건가요?"

말하는 우리 조 변호사의 목소리에 기운이 없다.

"언니가 말하지 말라고 해서 생각할 시간이 필요했습니다. 제 일이 아니니까요. 하지만 언니가 말하지 말라고 했지만 말씀드리지 않을 수가 없어서, 하여간 생각할 시간이 필요했습니다."

"그런데 왜 간호사 선생님께 말씀드리게 된 것이지요?"

"아무래도 간호사 선생님이 오래 계셨던 분이고, 행동력이 있으니까요. 그리고 원장님이 저랑 혜수도 각각 단둘이서만 상주 주말농장 가자고 몇 번 말씀하셨습니다. 우리는 방을 담당하시는 선생님이 안된다고 하셔서 안 갔고요. 아마 언니는 퇴소해서 관리하는 사람이 없으니까, 물론 자고 올 줄은 몰랐겠지만, 원장님이 맛있는 거 사준다고 하니까 따라갔다가 일이 이렇게 된 것 같습니다."

"그리고 언니가 이번 사건이 있기 전에 저랑 동생들한테 한 말이 있어요. '원장님 좋은 분인데 맛있는 거 사주신다고 하시거나, 어디 가자고 하시면 걱정할 필요 없고, 같이 가도 된다.'고요. '챙겨 주시는 거고, 불편하게 하지 않으시니까 원장님이랑 친하게 지내면 장학금 연결도 해 주시고, 여러 가지로 좋다.'고, 사건 후 나중에 2월 인가에 언니랑 그 이야기 다시 한 적이 있는데, 언니가 미안하다고 했어요. 언니가 말했던 거 때문에 우리도 문제가 생길까 봐 너무너무 걱정했다고, 그래서 그렇게 말했던 거 많이 미안하다고 말하면서, 우리가 괜찮다고 했는데도 언니가 너무 미안해하더라고요. 원래 언니가 잘 안 울고, 그날도 울지는 않았는데, 이상하게 느낌이 꼭 언니가 울고 있는 것 같았어요. 자기는 부모도 형제자매도 없고, 우리밖에 없는데 정말 미안하다고 언니가 몇 번이나 그렇게 말했어요. 별일이 아니기는 한데, 그날 그 일이 생각이 납니다."

"간호사 선생님이 대화 녹음하는 거 알고 있었나요?"

"네, 짐작하고 있었습니다. 그렇다고 녹음을 의식하면서 대화를 한 것은 아니고요."

나는 가을이와 중간 이후 대화를 녹음하고, 고소 후 '예전에 네가 이야기 한 부분 녹음했고 증거로 제출할 예정이다'라고 가을이한테 말하면서 '녹음한 거 들려줄까?'하고 물었었는데 아이가 녹음한 거 듣고 싶지는 않다고 했었다. 그런데 지금 생각해 보면, 아이가 나한테 이야기한 것도 우연이 아니고, 녹음하는 것도 당시에 눈치를 채고 있었다는 이야기이다. 하긴 우리 애들은 나보다 산전수전을 많이 겪었고, 위험에 많이 노출되었던 아이들이라 이런 면에서는 나보다 더 눈치가 빠르고 현명하다.

우리 조 변호사님이 원장님이 계신 오디오방으로 들어갔다가 나오시더니 다음과 같은 질문을 하셨다.

"그래도 원장님인데 저녁에 씻으라고 정도는 말할 수 있는 거 아닌가요?"

"그럴 수는 있다고 봅니다. 그렇지만 법인 변호사님, 상황에 따라서 다르지 않을까요? 오도 가도 못 하는 외진 곳에서 원장님이랑, 그러니까 이성이랑 밤에 단둘이 있는데 자꾸 '씻어라! 씻어라!' 하면 이상하지 않나요? 무섭지 않겠어요?"

가을이는 조 변호사님 질문에 흔들림 없이 답했다.

우리 조 변호사님에 이어서 검사님, 세분의 판사님들의 증인심문 후 가을이는 서울로 돌아갔다.

나중에 들은 말인데 증인비를 일당과 여비까지 포함하여 15만 원 정도를 받았다고 한다.

"그러니까 사자야! 내가 그날 어차피 일이 있어서, 연두시에 갔어야 했는데, 도대체 우리 법인 변호사님께서 원장님께 불리한 나를 재판에 왜 불렀는지는 모르겠지만, 아마도 나 돈 주시려고 부른 것 같아, 사자친구 말대로 착하고 좋은 분 같더라고."

이쯤 되면 우리 조 변호사님의 속마음을 알고 싶다.

어쩌면 우리 조 변호사님이 너무 정의로운 분이라서 이상한 방법으로 도와주고 계신가? 하는 생각이 들기도 한다.

나에게는 경숙이라는 오래된 친구가 있다. 경숙이는 원래부터 부자이고, 무모하게 투자하는 스타일이 아닌데, 이상하게 몇 년 전부터 가상화폐에 제법 큰 돈을 투자하기에 내가 좀 말려보기도 했었는데, 괜찮다고 하더니 대박이 나서 많은 부분은 현금화하고 일부만 남겨두었다고 한다.

맛있는 저녁을 사주겠다기에 유명한 딤섬집에서 만났다.

'딤섬에 게살 스프'는 '투움바 파스타', '순대국'과 함께 내가 아프거나 마음이 허할 때 위로를 해 주고, 힘을 북돋아 주는 음식이다.

따뜻한 게살 스프에 맛있는 딤섬, 칠리새우와 칭따오를 마시면서 내가 불쑥 말했다.

"계산은 내가 할게."

경숙이가 눈이 동그래지면서 말했다.

"아니, 오늘 내가 산다고 했잖아."

"내가 계산할게. 그리고 부탁이 있어."

"뭔데?"

"나 법원 다니고 있잖아. 그 피해자 공주애가 이번에 복학을 해야 하는데 네가 학비를 좀 대 주라."

"어? 그러니까 얼마 정도 들지?"

"글쎄, 정확하게는 나와 봐야 알겠지만 300정도 예상하고 있는데?"

경숙이가 삼 초 정도 생각하더니 이렇게 말했다.

"오케이! 내가 도울 수 있게 말해줘서 고마워. 필요할 때 연락 주면 바로 줄게."

"응, 등록금 고지서 나오면 가상 계좌 알려줄게."

"......그런데, 너 그거 아니?"

경숙이가 씩 웃으면서 말했다.

"내가 돈이 좀 많잖아. 그래서 그런지 나한테 밥 사주는 건 너밖에 없다."

"하하! 하지만 너는 내가 해달라는 거 다 해주잖아. 나는 너 밥만 사주지만 내가 뭐 필요하다고 하면 다 해주니까 네가 내 물주 아닌가?"

"나도 좋은데 쓰는 거니까 좋지. 고마워!"

사건 초반 법률 지원비를 함께 부담하겠다는 주변의 제의가 많이 있었다. 그러나 내가 책임을 지고 그 정도는 하고 싶었고, 특히 남편이 자신이 법률 지원은 책임지는 것으로 하고 싶다면서 '당신이 보육원 아이들을 어떻게 생각하면서 그동안 일했는지 잘 알고 있어, 이 일은 당신 혼자 하는 게 아니고, 내가 당신 뒤에 있고, 함께 하는 거니까 걱정하지 말고, 돈 더 필요하면 언제든지 말해! 진짜 나쁜 놈들이네. 잘했어!'라고 말해주고, 법원에 잠깐이라도 여러 번 와주어서 큰 힘이 되었다. 그렇게 항소심 비용까지는 해결이 되었는데 피해 아이 입장에서 법률 지원은 자신에게 도움이 되는 직접적인 지원이 아닌 것이고, 아이의 경제적 상황이 어려워 나를 포함한 지인들이 몇 가지 직접적인 경제적인 도움을 주고 있다. 그러나 아이의 경제적 열악한 상황이 이 사건과는 관계가 없고, 아이가 야무진 성향은 아니라 고민이 많았다.

그렇게 고민을 경숙이에게 설명하는데, 친구는 이렇게 말했다.

"그렇지만 다정아! 그 피해 아이가 너무 힘들지는 않았으면 좋겠다."

"그러니까 경숙아, 네 말이 맞기는 맞는데, 뭐랄까 '수렁에서 건진 것이 다이아몬드이어서 반짝반짝 세공해서, 자랑하고 싶은 마음은 나의 허영심이 아닐까?' 그런 생각이 가끔 들어. 어떻게 생각해?"

경숙이가 잠시 생각을 하더니 말했다.

"허영심이라고 말하는 건 아닌 거고, 어쨌거나 아이가 잘 되었으면 좋겠어. 그리고 글쎄 보육원에서 자랐다고 너무 잘하기를 기대하는 건 심하지 않니? 내가 보기에 아이는 그냥 방황하는 평범한 20대 모습 같은데. 지지해 주면서 기다려 주자. 그게 우리의 몫이지. 아이가 잘되어야 이 사건이 완전하게 마무리되는 것이라고 생각해. 그래야 지금의 법적 싸움이 의미가 있는 것 아닐까? 도울 일 있으면 부담 가지지 말고 언제든지 말하고, 그리고 나도 참여할 수 있게 해 주어서 고마워."

경숙이가 오른손으로 옆머리를 넘기면서 영화 <타짜>에 나오는 정마담처럼 그리고 약간은 과장되게 말했다.

"다정아! 그러니까 내가 수요집회에 참석하던 이대 나온 여자인데, 여자아이가 그것도 보육원 여자애가 성적으로 착취당하는 걸 모르는 것도 아니고, 그냥 보고 있을 수는 없지, 도울 수 있으면 도와야지. 안 그러니?"

"우리가 여자로 살면 크게 작게 성범죄에 노출되는 부분이 있기는 하잖아. 왜 내가 말한 적 있지? 옛날에 K사에서 잠시 계약직으로 일할 때, 거기서 일하는 유부남이 대놓고 사귀자고 한 적이 있었어. 직업은 회사원이라 박봉인데 집안이 은수저고 건물이 몇 채라나? 웃기지 않니? 사실 나는 따지고 보면 금수저인데, 몰랐나 봐. 그래서 다음날 출근할 때, 아빠가 사준 차 몰고 출근했었다. 근데 주차할 곳이 없어서 엄청 고생하고, 차도 좀 긁혔지. 유치하지? 진짜 옛날 일인데 아직도 생생하다. 그때 나는 엄청 불쾌하고, 기분 나빴는데. 상황이 열악한 아이 입장에서 거절하는 게 쉽지만은 않았을 거야. 아이고! 애가 얼마나 서러웠을까. 그래도 대견하다. 자기 동생들 지키겠다고 실익도 없을 텐데 고소도 하고, 물론 네가 있어서 가능했겠지만. 잘했어, 다정아! 애도 잘했고!"

경숙이가 칭따오를 한 병 더 주문하면서 말했다.

"근데 네 원장 생각할수록 진짜 골때린다. 아니 고아원 원장이 지가 키운 애랑 자려고 하면 어쩌자는 거냐? 거참, 애가 예쁘면 뿌듯하고 좋은 거지. 지가 젊은 애랑 자면, 뭐, 회춘이라도 한다디? 그리고 잔다 한들 그러고도 지가 살아남기를 바라? 엄청 모자른 데다가 미친 거지."

경숙이가 직원이 가져다준 칭따오를 내 빈 맥주잔에 따르면서 말했다.

"다정아! 그게 말이야. 나도 딸 키우잖아. 우리가 같은 지구에서 같은 그 뭐냐 호모 사피엔스 사피엔스로 살면서, 애들을 같이 키우는 거지. 그거 싫으면 글쎄 화성으로 이민 가야 하지 않을까? 자기 자식한테만 좋은 거 해주고, 안전하게 키우고 싶으면, 화성으로 이민 가야지. 하하하! 이 사건 말이지 정말 화난다."

"경숙아! 근데 나는 요즘에 내가 화성으로 혼자 이민 가고 싶다. 뭐랄까 인간이라는 종이 싫어진다. 그냥 인간이 싸그리 싹 다 멸종했으면 좋겠다. 징글징글해."

나는 경숙이 잔에 맥주를 따르며 말했다.

"하하하, 화성에 이민은 우리 둘이 같이 갈까? 다정아 뭐 먹고 싶은 거 없니? 다음 달에 맛있는 거 먹자. 진짜로 내가 살게."

"나는, 음…… 기내식 먹고 싶은데. 비프냐, 치킨이냐 그것이 고민이로다."

나는 눈을 가늘게 뜨며 대답했다.

"하하하! 힘들 텐데도 다정이 너의 유머감각은 여전하네. 네가 평소에 쓸데기없는 바보 같은 말만 하니까 너네 원장이 너를 진짜 바보로 안 거지, 하하하! 이다정이가 두 눈 똑바로 뜨고 있는데, 응? 어디 천하의 이다정이 새끼들을 넘봐? 하하하! 아이구야, 생각해 보면 너한테 딱 걸린 너네 원장도 참 딱하다. 쯧쯧, 그래그래 선고 나면 한번 나가자. 나가서 너 좋아하는 맛사지도 실컷 받고."

"좋아 좋아, 전에 갔던 방콕 페닌슐라 호텔 근처의 그 이비스 호텔 가자. 나는 낯선 곳보다는 조용하고 익숙한 곳이 좋더라."

"그래, 어차피 너는 안 돌아다니고 수영장에서 책 만 보니까, 뭐 나는 그동안 쇼핑하면 되고, 항공권 특가 나오면 말해줘."

"이히히! 좋아 좋아, 아 참! 그런데 올해는 힘들어. 재판 다니느라 연차를 많이 써서 남은 게 거의 없거든, 내년에 연차 새로 생기면 그때 가자."

"그러자. 그리고 선고 나면 알려줘 당일치기라도 제주도에 바다 보러 가자. 동문시장에서 장도 보고."

"알았어."

아이의 성적표가 나오면 보내 주겠다고 하니 친구는 그럴 필요까지는 없다고 했다.

"그렇지만 공부를 열심히 하면 자랑하고 싶을 텐데, 자랑할 곳이 없잖아. 아이의 성적을 기대하는 사람이 있다는 건, 그리고 공부를 잘하면 자랑할 수 있다는 게, 열심히 공부하는데 힘이 될 거야. 예전에 내가 개인적으로 지원해 준 아이가 그렇게 말하더라고, '선생님한테 성적표 보여드리려고 더 열심히 했어요.'라고. 그리고 말이야 경숙아, 결국에 공부는 스스로 자신이 해야 하는 것이고 아무리 주변에서 학비다 뭐다 해 줘도 본인이 의지가 없으면 소용이 없거든. 그래서 압박이 필요하기도 하고."

"어? 그래? 그럼 성적표 받아 봐야지, 나오면 보내줘."

자본주의 사회에 살면서 돈이 있다는 건 좋은 거다. 자기 맘대로 멋지게 쓸 수 있으니까. 그리고 그런 친구가 곁에 있다는 건 든든하고, 행복한 일이다.

재판이 끝나지 않아 피해 아동을 지원하는데 눈치가 보였는데 일심 판결 후 그냥 눈치 안 보기로 했다. 어차피 내가 기획했다고 하는 마당에 자본주의 사회에서 내가 내 돈 쓰고, 주변 사람들 돈 쓰는 것으로 뭐라 하든지 말든지, 그것까지 신경 쓰며 살고 싶지는 않다.

그리고 학기 시작 전에 어차피 재판이 끝나지도 않을 텐데, 그렇다고 애를 학교에 보내지 않을 수 없으니, 학비도 연결해 주고, 치과 치료는 받는 중이고, 예쁜 원피스도 사주고, 장도 봐주고, 내 맘대로 할 테다. 알게 뭐람, 흥이다. 그런데 애가 결국에는 어떠한 삶을 살게 될지 걱정이다.

우리 조영규 변호사 바보

내가 이용하는 달리기 앱에서 랜선마라톤이 열렸다.

정해진 시간에 원하는 장소에서 뛰는 것으로 나는 5킬로미터 마라톤을 신청 후, 애월의 바닷가를 선택하고 제주도로 향했다.

애월 고내리 바닷가는 예전에 장기 휴가로 일주일간 살았던 곳인데, 나름 걷거나 달리거나 자전거를 타기에 좋고, 그리 번잡하지도 않은 조용한 곳이다. 물론 제주도의 바닷가가 조용하기가 어렵기는 하지만 모래사장이 아니므로 조용한 풍경을 즐길 수 있다.

4박 5일 일정으로 수요일 저녁 비행기를 타고, 제주도에 와서 아침마다 30분씩 달리다가 토요일의 랜선마라톤에 참가했다. 보통 30분을 달리면 4킬로인데 5킬로를 달리니 약간 힘들기도 했지만 괜찮았다. 숙소가 있는 고내포구에서 5킬로미터 구엄리 돌염전까지 달리기를 마치자 트럭에서 내 머리 만한 만백유라는 귤 같은 게 팔기에 너무 신기해서 만원에 세 개를 구입하였다. 여행 시 만나는 물건은 사고 싶으면 사야지, 고민하다가 안 사면 후회하게 되는 경험이 있어서, 고민도 별로 안 하고 샀다. 개당 2킬로그램 정도의 무게인데 한 200미터 정도 들고 오다가 검은 봉지를 든 손가락에 마비가 나기 시작했다.

'아, 이걸 5킬로미터를 어떻게 들고 가나?'

손가락이 아파서 쉴 겸 바닷가의 동네 김밥집에서 김밥을 주문하고 기다리는 동안 가게 밖의 벤치에 앉았다.

파란색 벤치에는 여러 낙서들이 있었다. '지훈이가 왔다감.', '딱새우 김밥 맛있어요.', '우리의 우정 여기 제주도에서.' 뭐 이런 글들이다. 나는 노란색 펜을 집어 들고 벤치의 맨 중앙 위쪽에 다음과 같이 썼다. '우리 조영규 변호사 바보' 파란 벤치 위로 파란 바다의 수평선이 드리워졌다.

기념사진을 찍었다. 에라 모르겠다.

우리 조 변호사님은 우정도 좋지만, 진정한 우정이면 일단은 살려야 하고, 자신의 잘못을 직시할 수 있도록 도와주어야 하는 것이 아닌가 생각했다. 누가 사람을 미워하라고 했나? 죄를 미워하라고 했지. 사람을 지우고 사건을 봐야지. 이 무슨 JMS 광신도도 아니고, 교수 출신 JMS 열성 신도가 정명석 교주의 성범죄 관련 '그분이 인성으로 그런 것이 아니다. 신성으로 그의 행위를 이해해야 한다.'라고 헛소리를 했다더니 본인이 법인 변호사로서 판단과 중재를 하지 않고, 무죄를 확신하면서 불리한 증인들만 불러내니, 증인들과 나 이다정이만 고생이고, 원장님은 형량만 늘어나는 듯하다. 내가 원장님을 감옥에 보내서 무슨 이득을 볼 것이라고, 생각하면서 기획설을 운운하는지 모르겠다. 그리고 원장님은 자신이 한 일은 한 일이고, 안 한 일은 안 한 일인데, 비겁하게 한 일을 안 했다고 하면서, 우리나라같이 성범죄 형량이 낮은 나라에서 감옥에 가면 무슨 영광스러운 명예가 남는지 도대체가 알 수가 없다.

원래 낙서 자체를 하지 않는 내가 너무너무 화가 나서 낙서를 하기는 했는데, 알고는 있었지만 가끔 보면 나는 제정신이 아닌 것 같다.

변호사님들께 바보라고 낙서한 사진을 보내드리니 박나나 변호사님께서는 당장 지우라고 난리가 나셨다. 그런데 최석봉 변호사님은 사진을 우리 조 변호사님께 보내드리면 조 변호사님이 좋아하실 거라고 말씀하셨다.

'왜지? 부러우신가? 남자들 속마음은 모르겠다.'

숙소에 돌아와서 큰 귤을 캐리어에 넣고, 마비된 손가락을 풀어주며, 그래도 귤을 바다에 던지지 않고, 들고 온 것은 잘했다는 생각을 했다. 하지만 다음부터 물건을 살 때는 가지고 갈 것을 꼭 생각하고 사야겠다고 다짐했다.

그런데 귤을 바다에 던지면 바다 위로 둥둥 뜰까? 아니면 가라앉을까? 소금물이니까 아마도 뜨겠지? 엄청 큰 귤 3개가 바다에 둥둥 떠다니면 그것도 신기할 듯하다.

바보라고 쓴 사진을 보면서 혼자 웃다가 가지고 간 노트북을 켰다.

요즘 운전을 하다가 집중력이 떨어져서 사고가 날 뻔한 적이 여러 번 있고, 가끔 울기도 해서 정신과에 찾아가서 진료를 받아 보았다.

이런저런 검사 후 상담을 하면서 나는 의사 선생님께 물어보았다.

"선생님, 제가 정상인지 아닌지 걱정이 되어서요. 정상인가요?"

"정상 아닙니다."

"네?"

"그런데 이런 상황에 이 정도면 잘하고 계신 겁니다."

의사 선생님은 나한테 잘했다고, 잘하고 있다고 칭찬하셨다.

나는 일단 재판이 끝날 때까지 약을 복용하면서 상담을 받기로 했다.

선생님은 내가 살을 빼고, 달리기를 했기 때문에 그나마 버틸 수 있었겠지만 지금 상황이 스트레스를 감당 못 할 지경이 되어, 내 상

태가 좋지 않다고 했다. 물론 상황에 비해 잘하고는 있지만······

진료를 받던 어느 날 의사 선생님께서 이런 말씀을 하셨다.

"이다정 님은 글쓰기를 좋아하시나 봅니다."

"예? 예, 저도 제가 글 쓰는 걸 좋아하는지 잘 몰랐습니다. 쓸 일이 없어서 써 본 적이 없었거든요."

"그래도 탄원서랑 이런저런 글 쓰시는 거 보니까 글 쓰는데 실력도 있으신 듯하고, 이번 사건 관련 글을 써 보시는 게 어떠세요?"

"글을 쓰고 싶어서 미치겠는 이상한 마음이 있기는 합니다. 그래서 우리 조 변호사님께 보내지 못하는 글을 계속 쓰고 있기는 해요. 심지어 원장님의 인정과 반성을 전제로 한 <선처탄원서>까지 써 봤다가 우리 측 변호사님들께 보여드리고는 '아니, 인정도 안 하고 있고, 합의 생각도 다들 없는데 뭐 하는 거냐? 정신 차리세요.'라고 하셔서 '아니, 선배님, 그냥 글쓰기 병이 걸려서 써 본 거에요. 절대로 보낼 생각은 없습니다. 죄송합니다.'라고 말하기는 했는데. 하여간 이번 사건 때문에 글쓰는 병이 걸리기는 한 듯합니다. 그런데 저는 왜 글을 쓰는 걸까요? 선생님, 그리고 글을 쓰면 뭐가 좋은가요?"

"이다정 님! 다정 님은 이번 사건의 시작과 과정 그리고 곧 나올 결말들에 대하여 혼란스러워하고 계시잖아요? 글을 쓰면 막연한 현실에서 어떻게든 언어를 통하여 논리적으로 정리를 하는 게 되어서 나름의 방식으로 이해하는 데 도움이 될 겁니다. 사건 자체와 사건을 대하는 타인과 자기 자신을요. 그리고 인간이라는 존재에 대하여 이다정 님의 언어로, 이다정 님의 머리로, 이해할 수 있으리라 생각합니다. 혹시 소설을 쓰신다면 모순적인 인간과 혼란스러운 세상에서 인간과 세상을 이다정 님이 새롭게 창조할 수도 있고요."

"글쓰기는 말입니다. 이번 사건에서 이다정 님이 할 수 있는 마지막 역할이자 자가치유의 유일한 방법이 될 듯하네요. 그리고 글을 마무리할 수 있다면 이다정 님은 더 건강해지고 강해질 것입니다. 그러니까 제가 개 키우라는 처방은 해 봤어도 글을 쓰라는 처방은 처음입니다만, 이다정 님은 가능하시리라 생각합니다. 글쓰기는요, 매우 고전적이면서도 가장 강력한 자가치유법입니다."

선생님은 내게 글쓰기를 권유하셨고 그래서 얼마 전부터 이 사건 관련 글을 쓰고 있다.

지난주에 내 생일이 있었다. 경숙이가 잠깐 보자고 해서 베트남식당에서 껌땀이라는 돼지고기구이 덮밥이랑 쌀국수, 고이꾸온이라는 월남쌈을 주문하고, 책을 한 권 선물 받았다.

공지영 작가님의 <도가니>이다.

알고는 있었지만 무서워서 아직까지도 읽지 못했던 책이다. 나는 열악한 환경에 있는 아이들 쪽에서 일을 하기 때문에 가능한 어둡거나 범죄가 나오는 소설은 읽지 않는다. 그리고 모든 책에 집중을 너무 심하게 하는 탓에 내 자신이 너무 힘들다고나 할까, 심하게 몰입을 해서 책 속을 헤매고 다녀야 하니, 정신적으로 너무 힘들다. 모든 것이 핑계이기는 하지만 <도가니>를 결국 읽어야 하는 걸 알고 있었다. 내가 아직 읽지 않은 걸 알고 있던 경숙이가 선물로 주면서 한마디 했다.

"공지영 작가가 네가 읽을 수 있게 썼어, 걱정하지 말고 읽어 봐, 읽을 만해, 아마도 너한테 도움이 될 거야. 생일 축하하고."

경숙이의 말대로 공 작가님은 읽을 수 있게 썼다.

<도가니>를 읽으면서 '소설 속 연두와 실제 인화학교 아이들과 공 작가님, <도가니>를 영화화한 황동혁 감독과, 배우 공유, 실제 사건 관련 대책위분들, 많은 분들의 앞선 희생 덕에 법도 강화되고, 내가 싸울 수 있는 바탕을 마련했구나.'라는 생각했다.

'이건 나 혼자의 싸움이 아니다.'

집에서 이런저런 생각에 멍하게 앉아있으니 딸이 와서 나에게 말을 건넸다.

"엄마! 원장님 감옥에 갈까 봐 걱정되어서 그래?"

"꼭 그런 건 아니지만 보육원에 부담이 있기도 하고, 아무래도 모시던 분이 실형을 받으면 내가 좀 마음이 그렇지, 개인적으로는 나한테 잘해주셨고, 그렇지만 죄질이 나쁘고, 아직까지도 혐의 인정을 안 하시니까 이래저래 고민이 많아."

딸이 나를 안쓰럽게 바라보며 말했다.

"……엄마! 내가 우리 엄마 마음은 이해해. 하지만 그건 피해자 언니야가 나처럼 엄마의 진짜 딸이 아니기 때문일 거야. 만약에 피해자 언니가 엄마의 진짜 딸이면 엄마가 가해자 걱정을 할 이유가 전혀 없잖아."

나는 딸의 말에 충격을 받고, 아무런 말을 할 수가 없었다.

"그렇지만 내가 엄마를 아는데, 엄마 성격에 추운 겨울 원장님이 감옥에 있으면, 엄마가 마음이 불편하겠지, 그러면 엄마는 피해자 언니한테 전화해서, 안부를 묻고, 밥도 사주고, 더 챙겨줘, 그게 맞는 거 같고, 그게 엄마의 역할인 거 같아."

"엄마! 잘했어. 지금도 잘하고 있고, 우리 엄마 최고! 자랑스러워, 파이팅!"

딸의 말에 나는 내 갈등의 원인을 깨닫게 되었다.

'내가 고민하는 것은 피해 아이가 온전한 내 아이가 아니기 때문이다.'

'가해자인 원장을 걱정하는 것은 내 몫이 아닌 것이다.'

'맞다. 이것은 혼자 하는 싸움이 아니다. 오랜 세월 동안 많은 희생이 있었고, 그 연장선상의 일이다. 정신 차리고 내 역할에 최선을 다하자. 악역이 내 역할이고, 악역을 맡은 자의 슬픔은 내가 감수해야 한다. 그리고 나는 아이 부모로서 역할을 해야만 한다.'

내가 가지고 있던 총알 중에 그렇지만 그나마 조직에 덜 해가 되면서도 강력하고 치명적일 수 있는 한 알을 조심스럽게 골라 탄원서에 장착하였다.

탄 원 서

사건번호: 연두고등법원 20XX-노1402호   피고인: 전두홍
탄원인: 이다정   주민등록번호: 000000-2000000
주소: 연두시 미아구 해태로 70 행복아파트 10동 1004호

재판장님께
안녕하세요? 동현보육원 이다정 간호사입니다.

지난 공판에 증인으로 출석하였던 서종호 부장이 00년 00월 00일

동현보육원 사무실에서 출력 후 공용 프린터에 잠시 남겨놓아 저에게 전달된 서류와 보건복지부에서 발간한 <자립지원 업무매뉴얼> 요약본을 제출합니다.

이를 제출하는 사유는 다음과 같습니다.

지난 공판 시 자립지원전담요원인 서종호 부장이 피고인 측 증인으로 재판에 출석하였습니다.

서종호는 자립지원전담요원으로서 사건 피해자의 담당 직원입니다.
이 성범죄는 특히 최고 관리자가 저지른 범죄이므로 아동보호 시스템이 정상적으로 작동되기 어려웠습니다. 그럼에도 불구하고 사회복지사이며, 특히 피해 아동의 담당자인 자립지원전담요원은 피해자 보호에 힘써야 하는 것이 당연한 것이고, 가해자를 비호하거나, 아동에게 불리한 것에 협조하면 안 되는 것입니다.

그러나 보내드리는 00월 00일 자료에 의하면 서종호는 적극적으로 피고인을 비호하는 활동을 했음을 알 수 있습니다.
또한 피고인 측이 법정에서 제시한 피해자 관련 서류와 지극히 사적인 SNS의 사진 등은 아동 본인의 복지 이외의 목적으로는 절대 외부로 유출되면 안 되는 것입니다.
그러한 서류 등이 피고인의 재판에 도움이 되었는지는 별개로 보호받아야 하는 피해 아동이 외면당하고, 피해 아동의 개인정보가 심각하게 왜곡되어, 불법적인 경로로 가해자 측이 활용한 것 자체는 경종을 울려야 하는 사항으로 보입니다.

그 죄 또한 피고인 전두홍 원장에게 물어 주시기를 청합니다.

존경하는 재판장님!

신실하고, 순박하며, 아동에게 희생적인 따뜻한 사람의 태도를 완벽하게 지닌 전두홍 원장의 경찰 조사 후, 피해자 보호가 외면당하고, 가해자가 피해자로 둔갑하여, 비호의 강력한 연대가 형성되고, 작용하는 것을 지켜보면서, 저는 '부모가 없는 아이들은 정말 서럽고 불쌍하구나!'라는 슬픔이 있었습니다.

저는 재판장님께서 판결을 통하여 "대한민국 영역 내에서 부모가 없는 아이들은 국가와 사회 그리고 사회적 부모들의 견고한 보호막 아래, 더욱 안전하게 생활해야 한다."라고 천명해 주시리라 굳게 믿으며, 보육원 원장인 전두홍의 추행 유인과 강제추행의 추악한 성착취 범죄는 세상에서 가장 보호받아야 하는 사람을 대상으로, 세상에서 가장 보호의 의무가 있는 사람이 행한 범죄로써, 이는 버려진 아이를 국가와 사회가 양육하여 건강한 성인으로 성장시키고자 하는, 역사적으로 전 세계 모든 사회복지사업의 기본이 되는 <고아 보호 사업>에 대한 모독이자, 우리가 건설하고자 하는 <복지 국가>에 대한 반역임을 다시 한번 말씀 올립니다.

더욱 강력한 처벌 부탁드립니다. 감사합니다.

00년 00월 00일
동현보육원 이다정 간호사 배상

마지막 공판 시 남편이 동행해 주었다.

나는 24살에 6살 차이가 나는 남편과 연애결혼을 했는데, 적은 나이에 결혼해서 그런지 소개팅을 한 적도, 선을 본 경험도 없다. '사랑이 변한다.'는 것이나, 사랑했다가 헤어지고 그런 감정 같은 건 경험을 해본 적이 없고, 이해가 가지도 않는다. '사랑이 변하나?' 모르겠다. 결혼한 지 이십 년이 한참 넘었는데, 원래도 남편과의 사이가 좋았지만 지금이 사이가 더 좋고, 점점 더 좋아진다.

그런데 생각해 보면, 나라는 인간은 다른 남자랑 살았어도 잘 살았을 거 같기는 하다.

내가 이미 우리 조 변호사님과 인사는 하는 정도라 마침 원장님과 떨어져 앉아있던 조 변호사님께 남편을 소개했다.

"조 변호사님, 우리 남편이에요."

"아 예, 안녕하세요?"

"네, 이다정 간호사 남편입니다. 고생이 많으십니다."

인사 후 남편은 최 변호사님과 잠시 대화를 하고, 나는 조 변호사님 옆에 앉았다.

"그런데, 남편이 법원에 왜 나오셨어요?"

조 변호사님이 나에게 조용히 물었다.

"아, 우리 남편이요? 우리 남편이 이번 일로 화가 단단히 나서요. 그러니까 법률 지원비도 다 대주고, 돈 더 필요하면 자기가 다 책임진다고, 어휴! 펄펄 뛰고 난리도 아니었어요. 그리고 지난번 일심 재판에도 법원에 종종 왔었는데요? 못 보셨어요?"

나는 조 변호사님 얼굴을 빤히 쳐다보고는 장난기가 돌아 한 마디 덧붙였다.

"비밀인데요. 우리 남편이 저보다 더 또라이예요."

우리 조 변호사님 얼굴이 갑자기 사색이 되었다.

"아 참, 지난번 보육원 법인 감사 때 제가 짜증 내면서 화낸 거 죄송합니다."

"아 네."

우리 조 변호사님은 건성으로 답하였다.

공판이 곧 시작되었고, 내가 보낸 탄원서의 내용이 이슈가 되었다. 그리고 조영규 변호사의 피고인 측 변호인의 최종 변론, 원장님의 모든 것이 억울하다는 마지막 발언, 피해자 변호인 최석봉 변호사님의 변론, 검사의 구형이 이어졌다. 선고일이 정해지고 법정을 나가는 원장님의 중얼거리는 소리가 언뜻 들리는 듯했다.

법정을 나오면서 남편은 업무 관련 통화를 하며 뒤에서 오고, 나와 우리 측 변호사님 두 분은 앞서 법원 출구 방향으로 걸어갔다.

"그런데 변호사님! 제가 오늘 왜 남편을 데리고 왔는지 아세요?"

"그러게요. 일심에는 잠깐이라도 몇 번 오셨는데 항소심은 처음 오셨네요. 하여간 두 분 다 대단하세요. 월말이라 특히 바쁘실 텐데 남편분이 어떻게 오셨어요?"

박나나 변호사님이 호기심 가득한 얼굴로 말하였다.

"아 네, 제가 와달라고 부탁했거든요. 그게요. 우리 남편은 지금 교육받는 중이에요. '잘 봐둬라. 성적으로 문제 생기면 그냥 나락으로 떨어지는 거다. 그리고 네 마누라 무서운 여자다. 똑똑히 두 눈으로 봐둬라.' 뭐 이런 내용으로 마지막 현장 교육 중이에요. 그런데 우리 남편은 자기가 교육받는 중인 것도 모른답니다. 하하하."

"하하하! 아이고야, 정말 확실하게 교육하시네. 간호사님네는 참 재미나게 사시네요."

최 변호사님이 고개를 설레설레 흔들면서 웃으며 말하였다.

"힘들어도 어쩌겠어요. 서방이 사고 친 거보다는 낫다고 생각하고 위로해야지. 아니 남편이 사고 치면, 그걸 죽이지도 못하고 어쩌겠어요. 그냥 이 기회에 남편 교육이나 확실하게 시키렵니다."

통화를 마친 남편이 내 쪽으로 왔다. 나는 울먹이는 코맹맹이 목소리를 말했다.

"여보, 여보! 있잖아, 만약에 저 사람들이 내가 서방도 없는 여자인 줄 알았으면, 우습게 보고 나를 아주 그냥 죽여 놓았을 거야. 그치 그치? 여보 와 줘서 고마워. 흑흑흑!"

"그건 그래. 그리고 내가 당연히 와야 하는데, 자주 못 와서 오히려 미안하지."

남편이 나를 다독거리며 말했다.

옆에 두 변호사님은 웃음을 참는 게 힘들어 보였다.

인생은 어쩌면 무대 위 짧은, 여러 편의 연극이다.

사랑하는 척, 착한 척, 위하는 척, 공감하는 척, 위로하는 척하는 연극들..... 그렇지만 어쩌면 연극이 필요한 것이 인생인지도 모른다.

때로는 섹시한 마릴린 먼로처럼, 때로는 냉철한 아거사 크리스티 여사처럼, 때로는 사랑에 빠진 바보같은 개츠비처럼, 진심을 담아 연기를 하다 보면 진심이 연기가 되고, 연기가 진심이 되기 마련이니, 차라리 모든 것이 연극임을 인정하고 인간관계를 한다면, 어쩌면 서로에게 더욱 솔직해지고 상처받는 일이 줄어들지 않을까?

그리고 사실, 나라는 배우가 원래 어떤 사람인지는 자기 자신도 모르는 것이니, 결국 인생은 연극인 것이다.

아임 아이언맨

샌프란시스코에 사는 친구 미숙이가 오랜만에 한국에 왔다. 몇 년 만에 오는 것이지만 너무 자주 통화를 해서 사실 항상 가까이에 있는 것처럼 느껴지는 친구다.

그렇지만 직접 얼굴을 마주 보고 맥주를 마실 수 있다는 건 정말 행복하다.

먼저 도착한 미숙이가 내가 좋아하는 시나몬 가루를 듬뿍 뿌린 코젤 다크 생맥주 두 잔과 피쉬 앤 칩스 앞에서 나를 반갑게 맞이했다.

"아이고 이다정아, 고생했다. 다음 주가 항소심 선고라고? 그런데 너는 그동안 어떻게 버텼니?"

미숙이가 나에게 물었다.

"응, 미숙아, 나 맥주 먼저 마시고."

코젤 다크 맥주와 컵 주변의 시나몬과 설탕이 어울리면서 달콤한 쓴맛의 조화가 환상적이다.

"나, 진짜로 죽다가 살았다. 어휴, ...그런데 그런데 미숙아 말이야. 너는 세상에서 누가 제일 무섭다고 생각하니? 돈과 권력이 있고 뭐 그런 사람이면 무섭겠지. 나도 초반에 '꼭 그랬어야만 했냐?', '별 것도 아닌 일을 너무한 거 아니냐?', '그러다가 명예훼손으로 고소당할 수 있어요.' 등 별의별 황당한 말을 다 들었어. 그래서 내가 이렇게 말했지."

"'저기요. 제가 뭔가 용기를 내서 아이를 고소하게 설득하고, 일을 진행했다고 오해하시는 거 같은데요. 용기를 내서 한 거, 그거 아니고요. 내가 그 새끼 확 죽여 버리려고 하는 거, 참아서 이 정도로 하고 있는 겁니다. 그 새끼 만나면 전하세요. 내 눈에 띄면 죽여 버린다고, 어디서 고아원 원장이 애한테 지랄이야. 미친 거 아니야? 하여간 내 눈에 띄지 말라고 꼭 전하세요.'라고 말했지."

"미숙아, 어떤 면에서는 미친년이 세상에서 제일 무섭지 않을까? 그냥 사건 이후로 지금까지 왼쪽 귀 위에 꽃 꽂고, 미친년 코스프레하고 다니고 있어. 진짜로 가끔 꽃집 가서 꽃 사서 보건실에 꽂아두기도 한다. 미친년 같아 보이니까 아무도 안 건드려서 편하기는 하더라."

미숙이가 안타깝다는 표정으로 말했다.

"아이구야, 내 친구 이다정! 고생했네. 그런데 음...... 완전히 연기가 아니기는 한데. 하하하."

"그렇지 뭐. 나 정말 화 많이 났었거든. 뭐랄까 부숴버리고 싶은 욕망을 참는 게 쉽지는 않더라. 그 부수고 싶은 게 뭐든 지 간에. 그런데 그 부수고 싶은 욕망을 참지 않으면, 결국에는 내가 가진 날카로운 칼에 나 스스로가 다칠 거라는 것을 알고 있으니까. 그러면서 나 자신이 파괴하는 것에만 재능이 있고, 혹시 건설하거나 유지하는데는 재능이 없는 사람일까에 대해서도 진지하게 고민을 했었지."

미숙이가 표정이 굳어지면서 말했다.

"'파괴하는 데만 재능이 있는 것이 아닌가?' 음, 거참 심각한 고민이었겠다."

"그냥 아무 생각 없이 살다가 이번 일 겪으면서 이런저런 고민들이 많았어. 그러니까 미숙아! 너는 인생의 목적이 뭐라고 생각하니? 나는 뭐랄까 부자로 살면서, 그냥 좋은 옷 입고, 맛있는 거 먹고, 재미있는 책 읽으면서, 행복하게 사는 게 인생의 목적이라고 생각했는데

이 사건을 겪으면서 인생의 목적이 행복이기보다는, 시련을 만났을 때 그것을 극복하고, 자신의 능력과 한계를 시험하면서, 자신이 어떤 인간인지를 알아가고, 약자와 정의의 편에 서면서, 세상을 좀 더 좋은 곳으로 만드는 것, 그것이 인생의 목적인 것 같아."

"음, 고생했네. 인생의 목적이라. ……그래서 다정이 너의 오디세이는 끝나가고 있어?"

"글쎄다. 선고가 나온다고 해서 내 인생이 마무리되는 것은 아니니까, 나도 잘은 모르겠다. 인생은 어렵네. 나는 원래 나이가 들수록 너그럽고 지혜로운 사람이 되고자 했는데, 이건 무슨 정의의 칼춤이나 추는 사람이 되었으니, 망했지 뭐. 하하! 너그럽고 지혜로운 사람이 되기는 물 건너간 거 같고, 뭐 생긴 대로, 상황이 닥치는 대로 살아야지 어쩌겠냐?"

"아! 그리고 맞다 맞다. 미숙아, 아까 어떻게 버텼냐? 그건 미친 년 코스프레하면서 버텼고 그러니까 보육원을 그만두지 않고 계속 다니는 이유는 말이다. 너 루이 14세 알지? 루이 14세가 뭐라 했게?"

"프랑스의 태양왕 루이 14세? 음, '짐은 국가다?'"

"딩동댕. 정답! 나는 이렇게 생각한다. 원칙대로 법적 처리했고, 피해 아이 보호도 나름은 하고 있으니, 내가 아직 보육원에 있고, 조직에 있으면, 내가 한 일이 보육원이 한 것이고, 법인이 한 것이 되잖아. 짜잔! 그래서 짐은 보육원을 그만두지 못하느니라."

미숙이가 한심하듯이 쳐다보며 말했다.

"왜? 네가 루이 14세라 짐이 국가니 네가 곧 보육원이고 법인이냐? 차라리 아이언맨이라고 하지 그러냐?"

"아임 아이언맨! 짠짠짠!"

나는 두 손으로 브이자를 그리며 화답했다.

"하하하! 아이고, 다정아, 그런데 너, 이 사건 진행하면서 금전적이랑 시간적으로 손해를 너무 많이 본 거 아니니?"

"글쎄, 돈이야 뭐 이럴 때 쓰라고 버는 거고, 남편이 책임진다고도 하고, 내가 돈이 없는 것도 아니니까 괜찮은데, 스트레스가 어마어마해서 읽던 책들도 많이 못 보고, 흰머리도 엄청나고, 사실 수명이 줄어든 듯 싶다. 그러니까 원래 내가 백 살까지 사는 거였는데, 이번 일 진행하면서 수명이 오 년 줄어들어서 구십오 세까지만 살게 되었어. 그런데 말이다. 진행하는 이 년 반의 기간이 엄청나게 길게 느껴졌거든. 정말 지긋지긋하더라 한 달이 일 년 같고, 특히 법정에 있으면 두 시간이 한 달 같고 그랬지. 그래서 계산을 해 보니까 늘어난 시간이 사건 진행 시간의 두 배 딱 오 년이더라고. 마이너스 오 년, 플러스 오 년 그러니까 수명이 줄어들어서 손해 본 것은 없더라. 하하하!"

"하하하! 너는 그런 걸 뭐 하러 다 계산했니?"

미숙이가 한심하다는 듯 웃으면서 말했다.

"나야 계산은 하지. 나는 계산을 못 해서 손해 보는 사람은 아니야. 단지 이 정도는 내가 수용할 수 있다고 생각하고, 손해를 봐도 보는 거지. 나는 말이다. 예쁘고 착하지만 착하다고 바보는 아니지롱."

내가 양쪽 검지로 보조개를 만들면서 웃으며 말했다.

"하여간 고생했다. 다정아, 그런데 진행하면서 어땠어?"

"글쎄, 힘들기는 했는데, 너도 알다시피 내가 인간계에 사는 사람이 아니라. 그리고 이런 일은 고독 속에서 혼자 해결하는 게 편한 면이 있지. 아무래도 사공이 많으면 배가 산으로 갈 수도 있고, 내 계획대로 내 마음대로 하기 어려울 수 있으니까. 소설 속의 고아들인 톰 소여, 해리 포터, 빨강 머리 앤, 캔디, <날으는 교실>의 요니 등이 힘을 주었고, 미숙아! 진짜 고아가 많더라. 생각해 보면 아기공룡 둘리랑 뽀로로에 나오는 애들이 다 고아다! 참, 그리고 장 지아노의 <나무를 심은 사람>의 엘제아르 부피에를 많이 생각했지. 몇십 년 동안 홀로 매일 100그루씩 나무를 심는다는 것, 꾸준히 신념대로 행동한다는 것이 존경스럽더라구. 힘들 때마다 <나무를 심은 사람>을 읽었어. 부피에가 이루어낸 일에 비교하면 이 일은 작은 일이니까."

"다른 건 별로 신경 쓰이지는 않았는데, 죄질에 비해 실행된 범죄가 적은 상태에서 기소가 늦어지니까 기소가 안 될까 봐 걱정도 되고, 그 당시가 제일 많이 힘들었지. 그런데 놀라운 일이 있었어. 그게 뭐게?"

"그게 뭔데?"

미숙이가 궁금해하며 물었다.

"기소가 되고, 사건번호가 나왔는데 일심 사건번호가 연두지방법원 고합-1818이였거든, 하하하!"

"하하하! 말하려니까 웃음부터 나오네. 그러니까 고단은 일심에서 단독 판사 재판부이고, 고합은 판사가 세분인 합의체 재판부인데, 기소되고 사건번호가 1818이여서 뭐랄까 사건번호가 나를 위로하면서 욕을 하더라고. 당시가 여러 상황으로 인하여 우울했는데, 정말이지 가장 큰 위로가 되었었어."

미숙이가 황당한 표정으로 이야기했다.

"엥? 사건번호가 욕을 해주고. 큰 위로를 해주었다고? 어처구니가

다 없다."

미숙이가 한숨을 크게 쉬더니 웃으면서 말했다.

"이 사건은 사람이 해결하는 일이 아닌가 보다. 나 참. 사건번호가 욕을 다 해? 하긴 욕할 만한 사건이지. 고아원 원장이 그딴 짓이나 하고, 쯧쯧. ......피쉬 앤 칩스 식겠다. 맥주나 마시자."

일주일 후 선고가 있었다.

징역 1년에 신상정보 고지공개 면제, 법정 구속 되었다.

원심보다 형량이 줄어든 이유는 특별 양형 인자에 추행 정도가 가벼운 것이 참작되었기 때문이다.

피고인 측의 대법원 상소 후 두 달하고도 21일을 지나 무변론 기각으로 항소심 판결은 확정되었다.

대법원 선고 후 연두시의 맛집인 이탈리안 식당에서 수정이와 나, 마담 오드리가 연결해 준 후원자인 푸른씨가 만남을 가졌다.

"간호사 선생님, 고생 많으셨습니다."

푸른씨가 스테이크 샐러드와 시금치 피자, 전복 오일 파스타를 주문한 후 말했다.

"아니 뭐, 우리 애기가 고생했지요. 그리고 푸른씨가 일심 판결 후 아이 생활비 보조도 해주시고 도움을 주셔서 아이가 안정적인 상태에서 진행할 수 있었습니다. 감사합니다."

내가 수정이의 등을 두드리며 대답했다.

"저야, 뭐 금전적 지원만 하지만 다방면으로 아이에게 지지를 해

주시는 선생님이 계셔서 늘 감사하게 생각했습니다. 이번 선고는 비슷한 범죄가 발생했을 때 기준이 되었으면 하는 형량이네요."

"네, 저도 그렇게 생각합니다. ......그리고 조심스럽지만 여쭤보고 싶은 것이 있어서요."

"말씀하세요."

"그러니까 이번 선고가 중형이라 취약한 환경에 놓인 미성년 아이들과 막 성년이 된 아이들이 그루밍 성범죄로부터 안전하게 보호하는 판례가 되기는 하는데요. 그렇지만 현실적으로 전직 원장에 대한 중형 선고가 '동현보육원 전 원장이 성범죄로 교도소에 갔다.'라는 말로 우리 동현보육원에 대한 중형 선고인 점이 없지 않거든요. 어떻게 생각하세요? 보육원의 이러한 상황이."

푸른씨가 잠시 생각하다가 말했다.

"저도 사실 처음 이 사건을 접했을 때 화가 많이 나고, 분노했지요. 하지만 말입니다. 원칙대로 처리되었고, 무엇보다 아이가 원장의 성적 거래 제안을 거부했잖아요. 그리고 더 큰 범죄 예방 차원에서 자기 동생들 지키겠다고 고소도 하고, 정말 아이 잘 키우셨습니다. 같은 여자로서 너무나도 자랑스럽습니다. 잘했다, 수정아!"

"간호사 선생님! 세상에는 이상한 사람, 나쁜 사람, 또라이들 많지요. 그들이 저지르는 범죄도 많고요, 아무리 사람들이 막으려고 해도 완전히 막기는 불가능하다고 생각합니다. 중요한 것은 예방이 물론 중요하겠지만, 사건이 발생했을 때 어떻게 처리하느냐도 중요하다고 생각하거든요, 이 사건은 비교적 조기에 발견하여 원칙대로 발 빠르게, 물론 구청장님 덕분이지만, 기관장 변경하고, 법적 처리한 사건이고, 간호사님과 저를 포함한 여러 어른들이 피해 아이에 대한 법률 지원, 생활비 지원, 학비 지원, 의료비 지원을 하고 있고 할 것이니까 뭐 판결도 났고. 이 정도면 대단한 모범해결 사례라고 생각합니다. 오명? 그런 거. 신경 쓰지 마세요. 막말로 원장님을 보육원에서 직선제로 선출한 것도 아니고, 보육원에 책임을 지라고 한다면, 사실 '사건을 덮었어야 했다.'라는 말이 됩니다."

"그런가요? 감사합니다. 아 참! 푸른씨 비밀이 있는데요. 알려드릴까요?"

"뭔데요?"

"수정이 예쁘지요? 수정이는 제 거예요. 제 아이입니다."

"하하하! 동현 아이들이 간호사 선생님 거인 거, 저는 진작부터 알고 있었는데요. 새삼스럽게 왜 그러세요?"

"생각해 보니까 그러네요."

"그렇지만 간호사님, 제 아이들이기도 합니다."

"아! 죄송합니다. ……그 생각을 못 했네요."

"뭐…… 솔로몬의 판결을 내릴 수도 없고, 그냥 사과를 받아드리겠습니다. 하하하!"

푸른씨와 나 그리고 수정이 이렇게 세 사람은 웃으면서 식사를 마쳤다.

시금치 피자는 처음 먹어보는 것이었는데, 향긋한 시금치 맛이 입 안에 가득 퍼지면서 뽀빠이처럼 힘이 났다.

단군신화 의미에 대한 고찰

얼마 전 서울의 S대학의 국문학과 박사과정에서 발표한 논문 한 편이 많은 사람들에게 회자되었다. 국문학과의 논문이 유명해지기는 대단히 이례적인 상황인데 <단군신화 의미에 대한 고찰>이라나 뭐 그런 제목이다.

내용을 간단히 설명하자면 원래 곰과 호랑이가 사람이 되고 싶어서 백일 동안 쑥과 마늘을 먹기로 하였는데, 처음에 곰과 호랑이가 쑥과 마늘을 먹었을 때, 곰은 한입 먹고 뱉어버리고 호랑이는 그래도 참을 만하다면서 먹었다고 한다.

그런데 계절적 시기가 곰이 겨울잠을 잘 시기라 곰은 아무런 생각 없이 잠을 잔 것이고, 호랑이는 두 달 넘게 참으면서 쑥과 마늘을 먹다가 몸이 적응을 못 해서 결국 동굴 밖으로 나가게 되었는데, 마침 곰이 잠을 자다가 백일 만에 일어났더니, 자신이 승리한 것이 되어, 사람 즉 웅녀로 변할 수 있었다는 것이다.

결론적으로 단군신화의 교훈은 무모한 경쟁에 대하여 경종을 울리고, 휴식과 잠에 대한 중요성을 강조하는 것이었는데, 시대를 거치면서 그 의미가 퇴색되었다고 한다. 단군신화의 중간중간 묘사나 행간을 보면 계절적 배경이 곰이 겨울잠을 자는 시기이고, 곰이 백일 후에 핼쑥해지고, 어리둥절하는 듯한 표정에 대한 표현이 이를 뒷받침한다는 뭐 그런 내용의 논문이다.

그러니까 곰은 쑥과 마늘을 먹고 버틴 것이 아니라 겨울잠을 잔 것이다. 우리의 조상은 잠과 휴식의 중요성을 알고 있었고, 무모한 경쟁을 싫어하는 현명한 분들이었단다.

특이한 이론인데 맞는 말인 것 같기도 하다. 곰이 백일동안 쑥과 마늘을 먹을 리가 없기는 하다. 나는 이 년 반이 넘는 시간 동안 사건 해결 관련 너무 지쳤고, 오늘은 너무 기운이 없는 날이다. 조상들의 충고를 받아들여 잠이나 푹 자야겠다.

'자고 일어나면 단군신화처럼 세상과 내가 바뀌어 있을까? 혹시 내가 곰, 아니 사자로 바뀌어 있을까?'

에필로그

"준이야, 안녕? 그런데 너는 이제 몇 살이니?"

"여섯 살이에요."

"그렇구나. 나도 예전에 여섯 살이었는데."

준이는 믿지 못하는 표정이다.

"그런데 준이야! 너는 외계인이 왜 지구를 공격하지 않는지 아니?"

"글쎄요, 간호이모, 왜 안 쳐들어오는데요?"

"그건 말이야, 외계인들은 똑똑해서 지구에 이 간호이모가 살고 있다는 걸 알고 있거든. 짜잔, 쳐들어오면 나한테 혼나는 걸 아는 거지. 어떻게 생각해?"

"아휴, 그런데 또 들어보니까 외계인이 이모 때문에 지구를 공격 못 하는 게 맞는 거 같기도 하네요."

"그치? 그치? 준이 넌 말이다 나한테 고맙게 생각하고 살아."

"네 네, 간호이모 덕에 외계인이 안 오는 거니까 감사합니다. 간호이모."

"그런데 준이 너 나랑 친구할래?"

"간호이모는 저보다 나이가 많아서 친구 못해요."

"준이야! 사실 나는…… 사자란다."

"에이, 거짓말."

"비밀인데, 내가 그러니까 착하고 순한 사자인데, 가끔 정신이 들어서 나쁜 사람 있으면 무서운 사자로 변해서 확 물어버린다. 준이야, 사자친구 하나 있으면 든든하고 좋지 않을까?"

"글쎄요. 친구를 할지 말지는 생각해 볼게요."

나와 준이는 마당의 그네에 나란히 앉았다. 잠시 후 준이가 미안했는지 말을 시작했다.

"그런데요, 간호이모, 간호이모가 예전에 저 어릴 때 많이 업어줬으니까 제가 크면 간호이모 많이 업어드릴게요."

"어머나! 정말 정말? 우와, 신난다! 그래그래, 고마워."

나는 상체를 박자에 맞추어 좌우로 흔들면서 웃으며 대답했다.

"그런데요. 제가 어른이 되면 간호이모는 호호 할머니가 되는 거 아닌가요?"

준이가 장난기 있는 얼굴로 말했다.

나는 고개를 왼쪽으로 기울이며 잠시 생각하다 대답했다.

"그러네, 네가 어른이 되면 나는 할머니가 되겠네. 음, 나는 너그럽고, 지혜로운 멋진 할머니가 될 거다. 짜잔. 머리도 핑크색으로 염색하고, 뽀글뽀글 파마해서 예쁜 꽃핀도 꽂아야지. 랄랄라. 신난다."

나는 눈을 가늘게 뜨고, 고개를 든 채 목을 뻣뻣이 한 다음 푸른 하늘 방향을 멋지게 쳐다보면서 이야기했다.

아이가 단호한 표정으로 말했다.

"간호이모는 멋진 할머니가 될 거예요. 멋진 할머니가 되세요. 꼭이요."

"응, 꼭 멋진 할머니가 될게. 고마워 준아."

우리 엄마는 멋진 할머니였다.

소설을 마칩니다. 감사합니다. 끝.

감사의 말과
참고 및 인용 부분

수정이에게

 그동안 수정이 고생 많았고 힘들었을 텐데……
잘 버텨줘서 고맙다.

 전에도 말한 바와 같이 이번 일은 네가 피해자이고, 내가 너를 도와서 지원을 하는 것이 아닌, 네가 피해자이지만 너와 내가 어른의 입장에서 보육원에 있는 아이들, 네 동생들을 지키기 위해 함께 한 일이란다. 즉 너랑 내가 이번 일 해결의 동지라고 할 수 있지.
 그래도 네가 원장의 범죄를 중단시켜 큰일은 없었으므로 사건 관련 해결을 하는 중에 그나마 무겁지 않은 마음으로 진행할 수 있어서 항상 너에게 감사했다.

 그리고 이 일이, 이 소설이 아직까지 완전히 끝나지 않았다는 건, 수정이 너도 잘 알고 있지?
 이 사건의 완벽한 마무리는 아직은 어린 네가 성실하고, 강인한 여성이 되어, 네 몫을 감당하는 삶을 힘차게 살아갈 수 있을 때 비로소 끝나는 것이란다. 멋진 성인여성으로서의 네 모습을 기대한다.
 그리고 나이가 들면 우리는 친구가 될 수 있으리라 생각한다.

마지막으로 고소 설득 과정에서 '원장 세컨드 하라.'고 말한 거 미안하다. 의도적으로 말한 건데, 당시에도 지금도 그렇게 말한 것에 대하여 마음이 아프다.

진심으로 사과한다.

보호종료 아이들에게

부모 없이 보육원에서 살다가 사회로 나오는 너희들이 많이 외롭고 힘들다는 걸 잊고 살았음을 고백하며, 사건 해결을 진행하면서 내가 그동안 너무나도 무심했었다고 뼈저린 반성을 했다. 미안하다.

힘들지? 힘들 거다.
성실하고 검소하게 10년을 살면, 그래도 서른에는 너희 자신이 스스로 만든 멋진 30대의 모습을 대면할 수 있을 것이라 자신 있게 말하지는 못하지만, 그렇게 말을 할 수밖에 없는 나를 이해해 주기 바란다.

너희들의 삶을 응원하며 건강과 행운을 빈다.

그리고 힘든 날에는 정신과 몸의 조화를 생각하고, 햇볕을 쬐는 것이 도움이 될 거야.

건투를 빈다.

고마운 분들

구청장님, 박나나 변호사님, 최석봉 변호사님, 조영규 변호사님, 최푸른, 친구 경숙이, 얼굴사장님, 조종남 선배님, 연대자D님, 에히리 캐스트너, 에밀졸라, 아거사 크리스티, 빅토르위고, 무라카미 하루키, 가즈오 이시구로, 장 지오노, 김소월, 정세랑, 김초엽, 공지영 작가님 외 나에게 용기와 영감을 주신 작가님들, 그리고 연두를 비롯한 인화학교 아이들, 수정이, 유하리, 가을이를 포함한 동현보육원 아이들과 직원 및 후원자분들, 가족들, 언니들, 친구들

<날으는 교실>의 작가이신 에히리 케스트너님께 특별한 감사의 인사를 올립니다.

케스트너 님!
<날으는 교실>에 나오는 선장님과 뵈크 선생님처럼 아이들의 절망과 슬픔을 이해하면서, 따뜻하고, 책임감이 있는 어른이 되기를 꿈꾸던 어린이가 중년이 된 지금,
작가님이 만드신 세상 속에서 여전히 작가님께서 저에게 말씀하고 계시는 것을 느끼면서, 저도 제가 만든 세상에서 오랜 세월 동안 좋은 사람들에게 용기와 위로가 되고 싶다는 소망을 꿈꿔 봅니다.
감사합니다.

-참고로 제가 어릴 때 읽은 책은 분도출판사의 <날으는 교실>이고 현재는 시공주니어의 <하늘을 나는 교실>을 소장하고 있습니다.

김초엽 작가님!
작가님께서 <우리가 빛의 속도로 갈 수 없다면>에서 안나 할머니의 "나는 내가 가야 할 곳을 정확히 알고 있어."라는 말이

큰 힘이 되었습니다.

범죄를 인지한 순간부터 저도 제가 해야 하는 일을 정확히 알고 있었거든요. 그 일을 해낼 수 있을지 없을지는 중요하지 않았답니다. 감사합니다.

연대자D님!

특히 D님의 활동과 글이 제가 이 사건을 대처하는 데 많은 도움이 되었습니다. 성폭력 피해자들의 곁에서 항상 든든한 대변자이자 그림자 역할을 하시면서, 사법시스템 변화에 앞장서 주시는 D님과 팀eNd 연대자분들께 존경의 인사를 드립니다.

변호사님들께

불가능한 일을 가능한 일로 만들어 주시고, 끝까지 함께해 주셔서 감사합니다.

별나고 황당한 사람이랑 2년 반 동안 함께 하시느라 고생 많으셨습니다.

특히 박나나 선배님! 사랑합니다.

감사합니다.

그리고 마지막으로 존경하는 구청장님께

구청장님!
가장 두렵고, 힘들었던 시기에 신속하고, 단호하게, 우리 아이
들, 제 아이들 지켜 주신 은혜 평생 잊지 않겠습니다.
머리 숙여 깊이 감사의 말씀 올립니다.

감사합니다.

그리고 정말 마지막 감사 인사
"사건번호야! 고맙다. 사랑해!"

참고, 인용, 표절 부분

<사회적 부모>에 대한 개념

제철웅, <보호종료아동의 자립지원에 관한 아동복지법의 문제점과 개선방향>, 한양대학교, 법학연구소, 2020

----

page 66   일심 탄원서 부분
 어쩌면 피해자가 신뢰하던 사람에게 그루밍 성폭력을 당한 사례는 피해자의 **특수한 예외가 아닌**, 취약한 환경에 놓여있는 미성년 아이들과 성년이 된 아이들이 **이 시대의** 대한민국 사회에서 비슷하게 **공유하는, 보편적인 경험**인지도 모릅니다. 무섭고 안타까운 일입니다.

유시민, <항소이유서> 1985, 마지막 페이지
본 피고인의 지난 7년간 거쳐 온 삶의 여정은 결코 **특수한 예외가 아니라 이 시대의** 모든 학생들이 **공유하는 보편적인 경험**입니다.

*이 부분은 제가 법원에 탄원서를 제출해야 하는 상황에서, 참고할 글이 없어 고민하던 중, 제가 유일하게 입수 가능한 법원에 제출되었던 글인 유시민 작가의 <항소이유서>를 여러 차례 정독 후 위 구절을 작성하고 표절한 것입니다.
 차후에 허락해 주신 유시민 작가님께 감사드립니다.

---

page 74

정신이 힘들 때는 몸이 정신을 받쳐 주어야 하고, 몸이 아플 때에는 정신이 몸을 지탱해 주어야 한다. 몸과 정신은 다르기도 하지만 서로 깊이 영향을 주기 때문에 정신이 힘들면 정신만 돌보지 말고, 몸이 힘들면 몸만 돌보지 말고……

공지영, <딸에게 주는 레시피>, 한겨레출판사, 2015 외 공지영 작가님의 여러 책 및 인터뷰 참고(반복적으로 언급됨)

---

page 103, 104

"처음에 본 모습이 편견인지, 타인과 오랜 시간 알고 지낸 후의 모습이 편견인지 무엇이 진짜 타인의 모습인지 자신할 수 있으신가요? 변호사님! 히틀러도 만나본 사람들은 다 좋은 사람이라고, 신뢰할 수 있는 사람이라고 생각했고, 만나보지 않은 사람들은 전쟁광이고 위험한 인물이라고 생각했다잖아요. 아니, 아니지 변호사님, 여기서 히틀러가 왜 나와요? 하여간에요."

유강은 역, 말콤 그래드웰 저, <타인의 해석>, 김영사, 2020, 챕터 2 총통과의 회담 참고

---

page 140

교수출신 JMS 열성 신도가 교주의 성범죄 관련 '그분이 인성으로 그런 것이 아니다. 신성으로 그의 행위를 이해해야 한다.'라고 헛소리를 했다더니

김도형, <잊혀진 계절 2>, 에이에스, 2022, 336 page
그중 한 명은 중앙대학교의 학장까지 마친 사람인데, 이 사람은 1999년 JMS 사건이 이슈화되었을 당시, 성폭행 피해자 가족에게 전화를 하여 "그분(정명석)이 인성(人性)으로 그런 것(강간)이 아니다. 신성(神性)으로 그의 행위를 이해해야 한다."고 지껄이기도 하였던 인간......

----

page 143

글쓰기는 말입니다. 이번 사건에서 이다정 님이 할 수 있는 마지막 역할이자 자가치유의 유일한 방법이 될 듯하네요. 그리고 글을 마무리하실 수 있다면 이다정 님은 더 건강해지고 강해질 것입니다. 그러니까 **제가 개 키우라는 처방은 해봤어도** 글을 쓰라는 처방은 처음입니다만

에릭오그레이, 마크 다고스티노 공저, <피티와 함께 걷는 길>, 한국경제신문사, 2019 참고

  글쓰기 효능 관련 부분은 김영하 작가의 동영상 <나의 해방글쓰기>

을 참고하기는 하였습니다만 강준만 교수님의 <대학생 글쓰기 특강>부터 <작가란 무엇인가>, <유시민의 글쓰기 특강> 등 그동안 읽어왔던 여러 책들의 영향을 받았습니다.

----

page 147 항소심 탄원서 부분

신실하고, 순박하며, 아동에게 희생적인 따뜻한 사람의 태도를 완벽하게 지닌 전두홍 원장의 경찰 조사 후, 피해자 보호가 외면당하고, 가해자가 피해자로 둔갑하면서

유강은 역, 말콤 그래드웰 저, <타인의 해석>, 김영사, 2020, 218 page

메이도프는 **태도와 내면이 일치하지 않았다. 그는 정직한 사람의 태도를 지닌 거짓말쟁이였다.** 그리고 뭔가 잘못되었다는 걸 머리로는 알아챘지만 메이도프와의 만남에 너무 휘둘린 나머지 오크런트는 기사작성을 중단했다. 우리는 그를 비난할 수 있을까?

----

page 147 항소심 탄원서 부분

저는 재판장님께서 판결을 통하여 **"대한민국 영역 내에서** 부모가 없는 아이들은 국가와 사회 그리고 사회적 부모들의 견고한 보호막 아래, 더욱 안전하게 생활해야 한다."라고 천명해 주시리라 굳게 믿으며,

형법 제1편, 제1장
제2조(국내범) 본법은 **대한민국 영역 내에서** 죄를 범한 내국인과 외국인에게 적용한다.

----

page 147 항소심 탄원서 부분
버려진 아이를 국가와 사회가 양육하여 건강한 성인으로

노틀담 드 **빠리** OST
<새장속의 새>-에스메랄다의 노래 中
새장 속에 갇혀버린 새 다시 날 수 있을까 **버려진 아이**가 다시 사랑할 수 있을까

 연두시는 공지영 작가님의 <도가니>의 연두에서 가져왔으며, 소설 속 인물은 새롭게 창조한 인물임을 알려드립니다.

완벽한 태도를 지닌 원장과 사자 그리고 노란 약속
ⓒ이다정

발행일   2022년 10월 7일
지은이   이다정

발행처   인디펍
발행인   민승원
출판등록   2019년 1월 28일 제2019-8호
주소   61180 광주광역시 북구 용주로 40번길 7 (용봉동)
전자우편   cs@indiepub.kr
대표전화   070-8848-8004
팩스   0303-3444-7982

정가   14,000원
ISBN   979-11-6756-136-7 (03810)